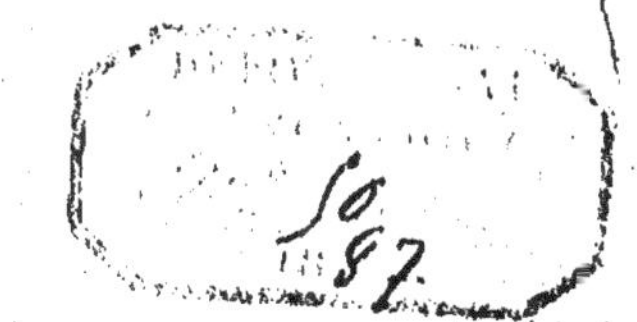

CHOSES ET AUTRES

CAUSERIES DE L'ONCLE TOBIE

PAR

HENRI DE LA BLANCHÈRE

ILLUSTRATIONS PAR

MOREL, MESNEL, TRAVIÈS

PARIS

LIBRAIRIE CH. DELAGRAVE

15, RUE SOUFFLOT, 15

CHOSES ET AUTRES

CAUSERIES DE L'ONCLE TOBIE

SOCIÉTÉ ANONYME D'IMPRIMERIE DE VILLEFRANCHE-DE-ROUERGUE
Jules Bardoux, Directeur.

CHOSES & AUTRES

CAUSERIES DE L'ONCLE TOBIE

PAR

HENRI DE LA BLANCHÈRE

TROISIÈME ÉDITION

PARIS

LIBRAIRIE CH. DELAGRAVE

15, RUE SOUFFLOT, 15

1887

LA COMÈTE

— Oncle Tobie !...

— Plaît-il, mes amis ?

— Oncle Tobie... et la comète ? où est-elle, à présent qu'on ne la voit plus ?...

— Ah ! ah ! n'allez-vous pas me demander aussi d'où elle vient ? et puis, ce qu'elle était ? et après, ce qu'elle signifie ?... Car enfin une comète, une chose imprévue, accidentelle, cela doit avoir une signification...

— Mais sans doute, oncle Tobie. Nous allons vous demander tout cela, et encore beaucoup d'autres choses avec...

— Alors il me faut prendre mon grand courage à deux mains, non seulement pour vous écouter, mais encore pour vous répondre !...

— Ah ! mon petit oncle Tobie ! fit, en câlinant, sa mignonne nièce Alice..

— Oh ! ma chère Alice...

— Oh ! bon oncle, nous t'en prions, dirent en chœur les enfants en s'approchant...

— Ta ! ta ! ta ! Eh bien, mes petits amis, nous allons faire, entre nous tous, une convention. Je vous parlerai de temps en temps des *choses qui vous entourent,* qui vous servent ou vous sont utiles, mais à une condition...

— Laquelle ?... acceptée d'avance...

— La première, car ma condition a deux parties...

— Mon oncle, c'est de la trahison...

— La première, c'est que vous m'écouterez attentivement ; la seconde, c'est que vous m'interromprez toutes les fois que vous ne comprendrez pas.

— Accepté !

Tous s'assirent en rond autour du vieillard, et il commença ainsi :

— Une comète, mes amis, est un astre... je n'ai pas besoin d'ajouter un astre d'une nature particulière, puisque vous avez tous été frappés de ses dissemblances avec tous ceux qui, chaque soir, peuplent le ciel au-dessus de vos têtes. Cependant ces astres ont pour nous, chétifs habitants de la terre, un intérêt

particulier, parce qu'ils appartiennent au même sys-
tème solaire que nous, tandis que les étoiles au
milieu desquelles nous les voyons apparaître sont
très probablement elles-mêmes des soleils, mais
tellement éloignés de nous, que nous n'aurons jamais connaissance des planètes qui tournent autour
d'eux.

Les comètes ont donc avec les planètes, Mars, la
Terre, Vénus, Jupiter, une certaine analogie : c'est
que les unes comme les autres se meuvent autour du
même soleil. Maintenant, il faut que je vous accuse
une première différence notable : c'est que la Terre,
par exemple, suit autour du soleil une route qu'on
appelle son orbite, qui a presque absolument la forme
d'un cercle, tandis que les comètes suivent une route
qui décrit un ovale allongé, très allongé, quelquefois
s'approchant beaucoup du soleil à une de ses extrémités et s'en éloignant, de l'autre, à des distances
qui déconcertent l'imagination.

Car il faut vous dire tout de suite que nous n'avons
aucune espèce d'idée de ce que peut être la grandeur
de l'espace qui s'étend par delà les étoiles, et entre
elles et partout! C'est l'*espace,* l'espace indéfini, in-
sondable , incompréhensible comme étendue, c'est la
plus splendide et la plus frappante manifestation de
Dieu !...

— Oncle Tobie, ça n'est donc pas solide, ce que
nous voyons de gris bleu le soir ? Il y a donc quelque

chose entre les étoiles qui brillent si gentiment dans la nuit, quelquefois ?

— Non, mes enfants, ce que vous voyez noir, gris

UNE COMÈTE

Premier état.

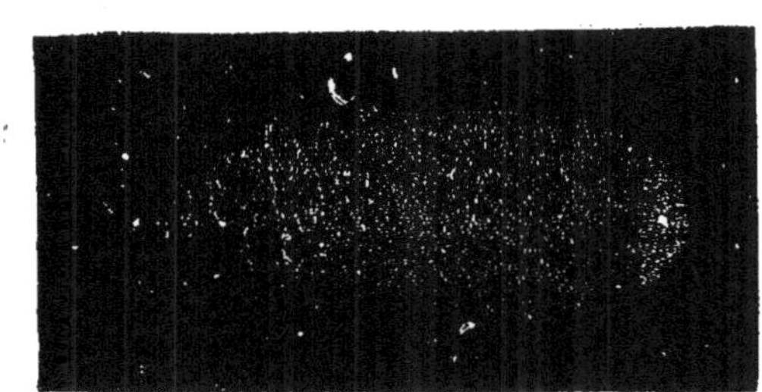

Deuxième état.

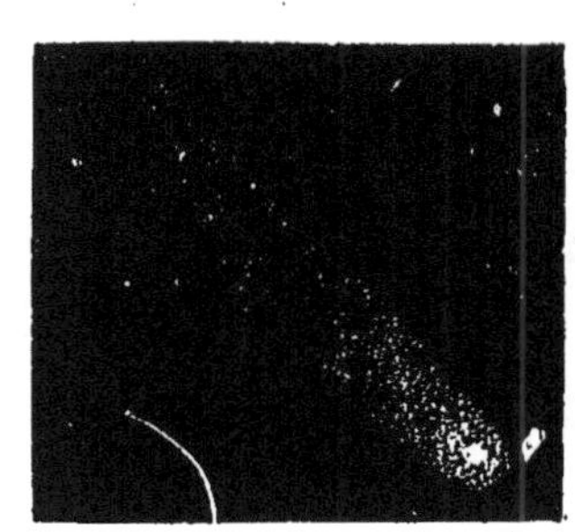

Troisième état.

Quatrième état.

ou bleu, n'est que l'air qui environne notre petite terre et forme ce qu'on appelle notre atmosphère. Nos regards passent au travers, comme vous le voyez, puisqu'ils nous révèlent les étoiles et les planètes, qui toutes sont bien en dehors de cette atmosphère et

roulent comme nous, là-bas, dans les espaces cé-
lestes...

Lorsque vous regardez entre elles, vous pouvez
dire que vous avez devant vous l'infini, mais peut-être
cet infini est-il lui-même peuplé d'astres que vous ne
voyez pas.

— Oncle Tobie, à quelle distance sont donc les plus
près?

— A quoi bon vous en parler! ce seraient des chif-
fres que vous ne retiendriez pas, mes amis : qu'il vous
suffise de savoir que les comètes dont nous parlions
tout à l'heure font leur révolution autour du soleil en
une durée si longue qu'on ne peut la calculer. Il faut
compter non par années, mais par centaines, par milliers, par millions d'années. Aussi, sur plus de six
cents comètes observées depuis Jésus-Christ, s'il y en
après de deux cents dont les orbites ont été calculées...

— Tu vois bien, oncle, qu'on en connaît!

— Attendez, monsieur Tempête... il n'y en a guère
plus de huit ou neuf dont on puisse prédire le retour
à peu près exactement.

— Ah !... et les autres?

— Oui, et les autres! Elles s'en vont dans l'espace,
et nous ne savons où, pour celles qui ne sont pas pério-
diques. Ne les voyons-nous qu'une fois, parce que les
temps ne sont pas arrivés, depuis que l'homme existe,
pour qu'elles soient revenues le visiter, au retour de
leur grand voyage dans les profondeurs de l'espace?

ou bien ont-elles été dévoyées de leur chemin régulier
par l'attraction des astres auprès desquels elles ont
pu passer? Dans ce cas, leur route les emmènerait au
loin, nous ne savons où, dans les espaces du monde,
et nous ne les reverrions jamais. Enfin, mes enfants,
l'apparence physique, c'est-à-dire la forme sous laquelle nous apercevons ces astres, éprouve des changements si considérables du jour au lendemain, et, à plus
forte raison, entre deux apparitions séparées par un
long intervalle de temps, qu'il n'y a pas moyen de compter sur des ressemblances pour conclure à l'identité.

— Et... comment fait-on?

— Nous verrons qu'on a d'autres moyens : entre
tous, celui de calculer leur route.

— Alors elles viennent toutes du même endroit?

— Non, il s'en faut de beaucoup. La Terre et les
autres planètes circulent toujours dans une zone
limitée de l'espace, qu'on appelle la zone zodiacale;
mais les comètes voyagent de et vers tous les points
de l'espace, et se montrent dans les régions du ciel
les plus opposées. Au lieu de marcher, enfin, comme
la Terre, toutes dans le même sens, d'occident en
orient, les unes vont dans ce sens, mais les autres
en sens absolument contraire. En fait de comètes, il
faut s'attendre à tout.

— Mais tu dis qu'elles marchent, les comètes : elles
ne marchent pas du tout! Moi, j'ai vu celle du mois
de juillet toujours à la même place...

— Cela vous semblait ainsi ; mais elles marchent, et elles marchent avec une telle vitesse que nous tous, vous et moi, qui marchons avec ce petit monde d'une assez bonne manière, nous ne sommes que des tortues auprès d'elles.

— Ah ! nous marchons ! Et combien faisons-nous, comme cela, de lieues par jour, qu'on ne sent pas du tout les cahots ?

— Heu ! nous faisons environ 30 kilomètres à la seconde...

— Pendant que la pendule fait tic-tac ?

— Oui, mon enfant. Admire la grandeur de Dieu par la grandeur de ses œuvres.

— Comment ? oncle Tobie, pendant que la grande aiguille longue fait toc... toc... toc..., nous allons aussi vite que d'ici aux Châtaigneraies, la maison de papa ?...

— Oui, oui, oui ! Nous faisons 30 kilomètres à la seconde : celle des planètes qui nous ressemble le plus, Vénus, en fait 35 ; cela paraît donc une bonne vitesse moyenne pour les planètes, quelque chose comme celle des trains omnibus sur nos chemins de fer. Les comètes, elles, marchent avec une vitesse d'express, mais d'express terrible : car elles font 50 kilomètres à la seconde, — du moins celle-ci, — ce qui représente 180,000 kilomètres à l'heure, soit, pour vos parents qui connaissent les lieues, 45,000 lieues à l'heure.

— Oh ! mon oncle, c'est effrayant !

— Ce n'est rien, mes enfants. Notre comète de juillet est une tortue engourdie auprès de certaines autres...

— Voyons ?

— Newton a calculé que la comète de 1682 faisait 293,000 lieues par heure.

— Ah ! mon Dieu !

— Oui ! elle allait plus de *six fois plus vite* que la nôtre ; elle descendait des régions reculées de l'espace, et faisait un angle droit avec le chemin ou l'orbite de la Terre. Celle-ci l'a coupé beaucoup plus obliquement...

— Et si elle nous rencontrait ?... Brrrou !.....

— Si elle nous rencontrait, mes amis ?... elle ne nous ferait probablement pas plus de mal que quand vous crevez du doigt une bulle de savon que vous venez de faire. Mais rassurez-vous. Les chances pour la rencontre d'une comète avec la Terre sont à peu près de même ordre que celles, disait Arago, de la rencontre de deux grains atomiques de poussière volant au vent, l'un à Paris, l'autre quelque part en Amérique.

— C'est égal, dit Mlle Alice ; c'est égal, sais-tu ! il ne faut qu'un coup...

— C'est vrai, mon enfant, mais rassure-toi encore. Un habile astronome, M. Liais, et après lui plusieurs autres, a démontré que, en 1861, — tu n'étais pas née, mais cela ne fait rien à la comète, — la Terre, avec la Lune, avait été immergée dans la queue d'une comète et, dame!... on s'en est bien peu aperçu... puisqu'il l'a constaté une dizaine d'années après seulement...

— Dis donc! nous allons peut-être passer dans la queue de celle de juillet?

— Je ne dis pas non. Qui sait si nous n'y sommes pas déjà passés?... Nous le saurons peut-être un jour.

— Il faudrait, pour cela, qu'elle fût venue bien près de nous.

— Mais elle n'en est point passée loin : car, à l'endroit où elle a coupé le plan de notre *orbite*, ou du chemin que nous parcourons, comme je vous l'ai dit, elle n'était qu'à 28 millions de kilomètres, 7 millions de lieues d'ici...

— Tu appelles cela rien ?

— Une bagatelle, chers amis. Vous allez vous en apercevoir tout à l'heure. En effet, réfléchissons que nous ne voyons la comète que parce qu'elle vient dans le voisinage du soleil, dont — par rapport à elle venant des profondeurs insondables de l'espace — nous sommes tout près. Or, vue le 15 et le 18 juillet, c'est-à-dire au moment où elle en était le plus près, et où elle avait son plus grand éclat, elle était encore éloignée de *100 millions de kilomètres* de notre beau soleil.

— Grand Dieu !

— C'est beaucoup et c'est peu; car elle en était plus
près que notre belle compagne Vénus, cette planète
semblable à la Terre, et dont je vous ai dit un mot tantôt. Mais il y a des comètes qui se sont rapprochées du
soleil jusqu'à se brûler. Témoin celle de 1680, qui alla
jusqu'à 850,000 kilomètres du soleil, c'est-à-dire
170 fois environ plus près que nous n'en sommes
nous-mêmes.

— Cent soixante dix fois, oncle Tobie! qu'est-ce
que cela fait?

— Comment! ce que cela fait, ma bonne Alice...
cela fait qu'on y avait *28,000 fois plus chaud* que
nous n'avions au plus beau soleil d'il y a un mois.

— Alors on cuisait, oncle?...

— A cette température, dont tu ne peux avoir
aucune idée, le feu lui-même aurait brûlé, ton gentil
petit corps eût été depuis la première minute réduit,
non pas en cendres, mais volatilisé sans qu'il en
restât la plus mince trace...

— Bah! comment sait-on cela?

— On le sait, et avec toute la certitude désirable.
Quand tu vois un thermomètre monter à 1 mètre
d'un foyer, tu peux calculer de combien il montera
à 2, 4, 20, 50 mètres de ce même foyer. Eh bien,
notre foyer, à nous et à la comète, c'est le soleil. On
peut donc calculer, à une distance, la chaleur qu'il fait,
puisqu'on connaît la nôtre. Tout ce que je viens de
vous dire, enfants, n'est encore rien à côté de la

comète de 1843. Celle-ci a passé à *52,000 kilomè-tres* du soleil. C'était presque à le toucher. Aussi elle a subi une température *9 millions* de fois plus élevée que celle du grand soleil d'été... C'est une température dont nous n'aurons jamais l'idée.

— Ah ! mon oncle, tu me donnes mal à la tête !

— Je le crois, ma chérie, mais je te félicite de m'é-couter avec cette attention. Nous allons finir.

— Oh ! mon oncle ! et la queue ? tu n'en dis rien ?...

— Si : quelques mots seulement. Les comètes sont des masses vaporeuses d'une incroyable ténuité, puisqu'on pense que les plus gigantesques pèsent à peine quelques kilogrammes. Éloignées du soleil, elles apparaissent à nous, d'abord, dépourvues de queue ; mais, sans doute sous l'influence de la cha-leur croissante, des jets s'échappant de l'astre et s'élançant dans l'espace, du côté opposé au soleil, nous montrent ces panaches immenses qui ont tant et tant de fois effrayé les hommes depuis que le monde est monde. Ces queues que vous regardez comme un petit panache, ces queues que les Chinois appellent les *balais du ciel,* atteignent des mille millions de ki-lomètres, et, ce qui est aussi merveilleux, acquiè-rent de semblables dimensions avec une vitesse ines-timable. C'est l'affaire de quelques jours !

Vous savez que, quand on reçoit un rayon de soleil sur un verre taillé à facettes, sur un bouchon de ca-

rafe, sur un prisme, on voit la lumière se décom-
poser en un spectre de belles couleurs rappelant
l'arc-en-ciel. Vous vous êtes tous amusés de cela,
je vous ai vus. Eh bien, il n'y a pas que le soleil
dont la lumière ait un spectre, les étoiles en ont un
aussi, et, avec les étoiles, les comètes. Maintenant,
on a découvert le moyen de savoir, en regardant un
spectre, de quoi était composé le corps brûlant qui
l'envoyait. Ainsi on sait de quoi est composé le soleil ;
quelque jour je vous en parlerai... On a voulu savoir
de quoi était composée notre comète... On a trouvé
qu'elle était faite de carbone...

— De carbone ? qu'est-ce que c'est que cela ?

— Le carbone, c'est la matière dont est composé
le charbon... et le diamant.

— Quoi ! la comète est un diamant ?...

— Non, mon enfant ; et tu ne t'en ferais pas un
diadème ; mais elle est composée, là-bas, de la même
substance, dans le grand laboratoire de Dieu...

Et non seulement elle, mais encore toutes les
autres comètes qui ont passé en vue de la Terre, depuis qu'on sait en trouver la composition.

Mystère ! mystère partout !

LA TONNELLE AUX PERDRIX

Jamais de sa vie — oh ! non, jamais... — l'oncle
Tobie n'oserait montrer à ses jeunes amis ce qu'est
la tonnelle aux perdrix, si, en notre qualité de chasseurs honnêtes, nous n'étions pas tous au-dessus des
séductions du braconnage.

Quoiqu'elle soit un engin prohibé au premier chef,
la tonnelle — comme deux ou trois autres — n'en
est pas moins un admirable outil pour se procurer
des perdrix, soit que l'on veuille en repeupler une
chasse, soit qu'on veuille les soumettre à un élevage
rationnel pour la multiplication.

A ce point de vue, notre loi sur la chasse laisse
encore beaucoup à faire ; car elle n'a pas su édicter
par quelle marque certaine le chasseur sérieux, l'ac-
climatateur bienfaisant peut et doit, au premier coup

d'œil, être distingué du braconnier finaud et de mauvaise foi.

Ce n'est pas toujours chose facile que se procurer quelques compagnies de perdrix pour repeupler un parc ou une propriété bien gardée : la tonnelle vous en donne le moyen. Il va sans dire qu'elle ne peut être tendue que dans un endroit clos de murs, et encore faut-il craindre la draconienne interprétation de la loi par un tribunal qui, acceptant l'espionnage au nombre de ses moyens de répression, admettrait qu'un garde peut vous faire un procès parce qu'il vous a *vu*, par une brèche ou du haut d'une colline dominante, user, dans votre parc, d'un engin défendu par la loi pour la chasse banale de tout le monde. Quoi qu'on fasse ou quoi qu'on dise, pour moi : *Charbonnier est maître* chez soi !

La tonnelle se fait de bâtons placés les uns sur les autres et reliés, au point d'intersection, par un osier flexible ou une ficelle. Dans mon enfance, nous en faisions *tous* pour tendre aux moineaux pendant l'hiver. Celles pour la perdrix sont plus grandes, voilà tout.

On attend l'automne, alors que les feuilles commencent à devenir rares. Ne prenez pas les feuilles du buisson qui surmonte la tonnelle pour celles de la vigne, ce sont celles de la bryone, qui pousse dans les haies. On pourrait prendre le champ lointain pour de l'herbe haute ou des blés verts : nenni, ce sont des genêts bretons. Notre piège se tend volontiers auprès des couverts.

A l'époque de l'année où nous sommes, vous voyez tous ces beaux perdreaux de l'année bien drus ; ils tiennent encore en compagnie : on peut espérer les prendre presque tous d'un seul coup. La place est ce qu'on appelle *agrainée ;* c'est-à-dire que pendant plu-

La perdrix.

sieurs jours on y apporte du menu grain que l'on répand autour et au-dessous. Les perdrix qui commencent à sentir la pénurie viennent de plus en plus près et finissent par manger dessous.

Tout va bien ! Au lieu du quatre de chiffre fixé qui soutient la tonnelle soulevée, vous mettez un bel et bon quatre de chiffre articulé... Vous le placez *un peu haut* pour qu'il ne tombe pas au plus petit mouvement et, le soir, à la picorée, la compagnie se prend toute seule. Le lendemain, elle est en volière pour le printemps suivant... et bon courage !

— Mais qu'est-ce que c'est que le quatre-de-chiffre ?

— Je vous le dirai une autre fois.

L'ORPHELIN

(DU CARNET DE L'ONCLE TOBIE)

C'était il y a trois jours ; le soir se faisait sur la grande bruyère. Au couchant, d'immenses bandes rouges reflétaient les dernières lueurs du soleil sur la lisière du bois, et donnaient aux feuilles une teinte sanglante. La brise courait muette sur la plaine, le silence venait : ce silence si solennel des nuits d'automne, en forêt, sous les étoiles brillantes qui semblent vous regarder passer, d'en haut, entre les branches.

A ce moment, un léger bruissement se produisit parmi les feuilles sèches d'un buisson. Une tête fine, éveillée, les yeux inquiets, l'oreille mobile, parut;..... l'animal inspecta les environs du regard et de l'ouïe, puis, descendant au pas dans le fossé de clôture, remonta de même et s'arrêta un instant avant d'entrer dans la lande. C'était une chevrette avec son petit faon. L'enfant la suivait tout indécis sur ses jambes fines, et bêlant doucement.

Il fallait qu'il y eût, dans la lande, quelques émanations douteuses, ennemies peut-être, car la mère détourna la tête et obliqua pour rentrer au bois.

Au même instant, la pauvre bête fit un bond effroyable dans le fourré et disparut comme un éclair. Le faon courait effaré sur les branches et suivait du mieux possible sa mère, qui bondissait par-dessus, légère comme une vision.

La brise effaçait lentement un léger nuage de fumée grise qui s'était montré au-dessus des pierres sèches d'un petit mur, à l'encoignure de deux côtés.

— Satané maladroit! gronda une voix rauque, amie du rogomme.

Et un homme sortit de sa cachette, vêtu d'habits de gros velours, les deux mains dans ses poches, avec la démarche tranquille et paterne d'un bon propriétaire qui visite son champ à la limite de la forêt. Il était suivi à peu de distance par un homme en blouse, à apparence de bûcheron qui lui avait lancé l'apostrophe. Ne fussent ses yeux un peu inquiets sous son haut chapeau de feutre, on n'eût jamais soupçonné que cet individu venait de commettre un meurtre inutile. C'est qu'il avait bien vu, aussi bien que nous le voyons, un képi vert et jaune poindre à la corne du bois, et sous ce képi un regard qui ne le quittait pas.

Cet individu venait de commettre un meurtre inutile.

— Défilons ! mon bonhomme, grommela le compagnon ; le pays, ce soir, n'est pas sain ! La Ramée était sur pied !... Il n'y avait pas de temps à perdre pour cacher nos fusils et la bête que tu avais abattue.

Et, obliquant sans affectation dans la plaine, ils eurent bientôt mis, entre eux et le garde, l'épaisseur d'un pli de terrain, et, dès lors, accélérant le pas, ils rentrèrent de jour au village.

. Le braconnier rentrera volontiers de nuit au village ; mais alors ce sera par la nuit faite, et alors il se cachera et se croira sûr de n'être pas vu ; mais en général il se fera voir autant que possible vers le crépuscule : c'est une protestation, un alibi, utile aujourd'hui ou demain.

Et le lendemain, la mère est venue tomber au bord de la lande ; la balle avait fait son ravage. La pauvre chevrette a léché son faon une fois encore, puis elle a étendu la tête, fermé les yeux... et elle est morte.

Depuis deux jours, l'enfant bêle et erre autour de sa mère ; il a déjà vidé les mamelles et, depuis qu'elles sont froides, il n'y trouve plus rien. Son anxiété redouble, il piétine et sous ses ergots aigus il a tracé un étroit sentier autour de la mort.

Mais la faim le torture, ses forces l'abandonnent, il trébuche, il va tomber aussi et ne se relèvera plus.

De loin, du fond de la campagne, je vois les oiseaux de rapine qui accourent à la curée.

LE PAPIER

A propos de papier, je suis bien aise de vous présenter quelques grandes idées qui vont vous faire voir ce qu'on nomme ainsi sous son véritable jour. Le papier ne doit pas être considéré uniquement comme cette matière raide, mince et plus ou moins blanche sur laquelle j'écris en ce moment : ce n'est là qu'un cas très particulier de la chose qui doit porter le nom de papier, et, comme nous le verrons plus loin, le papier est appelé à rendre beaucoup d'autres services à l'humanité que de lui permettre de mettre *du noir sur du blanc*, c'est-à-dire d'y tracer des pattes de mouche, ayant la prétention de rappeler des idées.

Le papier est un feutre, et, comme tel, il entre dans la catégorie des étoffes pour lesquelles n'intervient pas l'industrie du tissage. Ainsi considéré, le papier ne fait positivement qu'effleurer notre civilisation, et, pour le voir dans toute la splendeur de ses emplois divers, il faut aller dans l'extrême Orient, chez ces peuples à civilisation cent fois séculaire, où l'on a compris une plus grande partie des emplois auxquels on peut le soumettre. Ne vous y trompez pas, d'ailleurs, le papier est l'avenir. C'est lui qui progressera, c'est lui qui se pliera à tous nos besoins, c'est lui qui détrônera peut-être et probablement un jour les vieilles industries du filage et du tissage.

Il faut nous attendre à cela. Si nous ne le voyons pas, nos enfants ou nos petits-enfants le verront; c'est une affaire de temps, voilà tout : au fond, le fait est certain. Au point de vue de l'humanité en général, ce serait demeurer dans la barbarie que d'en rester au besoin de deux, trois, quatre opérations pour exécuter un vêtement. C'est ce que nous faisons encore, parce que nous sommes très sauvages ; nous n'avons pas fait un pas, malgré nos vanteries, depuis l'antiquité !

— Oncle Tobie, vous nous calomniez !

— Je prouve ce que je dis. Que les moyens aient changé, que le *modus faciendi* se soit un peu accéléré, je ne dis pas le contraire, mais nous n'avons rien changé. C'est toujours — que nous ayons affaire à la laine, au coton, au chanvre, au lin, à la soie — le *peignage* qui marche en avant, c'est-à-dire l'appro-

priation des fibres et leur égalisation ; après vient le
filage, c'est-à-dire la réduction des fibres en fils séparés ; puis le tissage, c'est-à-dire l'entre-croisement de
ces fils en étoffe. Toujours la même chose, à laquelle
nous pouvons ajouter la teinture, ce qui fait quatre
opérations distinctes.

Eh bien, tout cela s'accomplira en une seule opération. Et de ce jour-là l'humanité aura fait un grand
pas en avant, elle aura quitté la barbarie. Alors le
papier — ou le feutre, car c'est la même chose —
le papier régnera en maître, et les restes de nos étoffes actuelles iront, dans les musées d'antiquités, servir de risée aux gens d'alors, qui s'ébaudiront sur la
grossièreté incomparable de nos mœurs.

— Oh ! oh !

— Hé, mes amis, n'en faisons-nous pas autant vis-
à-vis des mœurs antiques, et, bien plus, malgré l'intérêt qu'ils nous inspirent, vis-à-vis des produits des
civilisations préhistoriques si miraculeusement re-
trouvés qu'on ne saurait douter, selon moi, que Dieu
les a conservés pour l'enseignement des hommes ?
Oui, nous serons un sujet d'étonnement pour les
siècles à venir. On se demandera comment nous
avons été assez longtemps sauvages à ce point, connaissant le feutrage des fibres, pour ne pas en avoir
tiré tout de suite tout ce que cela pouvait et devait
donner.

Nous n'aurons qu'une réponse à faire : la routine

obstinée, l'attachement aux vieilles coutumes !... Et l'on rira... et l'on haussera les épaules... Et l'on aura raison.

Voilà où nous en sommes !...

Examinons cependant ce qu'est le papier, et ce que l'on en fait d'ores et déjà.

Nous avons dit que le papier était un véritable feutre collé de fibres végétales entre-croisées ; ces fibres sont presque exclusivement formées d'une substance que les chimistes désignent sous le nom de *cellulose,* et qui constitue les cellules, les fibres et les vaisseaux de l'organisme végétal. La cellulose n'est donc pas rare ; elle se trouve partout et dans tous les végétaux : reste à la séparer des autres substances qui l'accompagnent. Telle est la condition qui limite l'emploi de tous les végétaux à faire du papier, et qui en désigne un certain nombre au choix du fabricant. Il faut, en effet, que la cellulose y soit assez abondante et assez facile à extraire pour que son prix de revient ne dépasse pas certaines limites. En effet, depuis la cellulose dure et compacte des noyaux de cerise ou de prune jusqu'à la cellulose en voie de formation et d'organisation des jeunes pousses, des bourgeons, il y a toute une série de nuances qui échappent à l'énumération, mais qui, évidemment, peuvent et doivent répondre à tous les besoins possibles.

— Mais, oncle Tobie, il doit y avoir une plante au moins qui en contienne beaucoup de la meilleure espèce possible : celle-là doit faire le plus beau papier.

— Mon ami, la nature procède rarement par type unique. Je vais vous citer plusieurs végétaux qui peuvent être considérés comme des types de cellulose presque pure. Ce sont : le duvet qui enveloppe les semences du cotonnier ou le coton, la moelle ou tissu cellulaire interne du sureau et de certains joncs.

— Et de quelle couleur est-ce, la cellulose ?

— Pure, c'est une substance blanche, sans odeur ni saveur, qui se brûle avant de fondre, et se montre si stable qu'on ne connaît encore qu'un seul corps qui la dissolve. Encore, en la dissolvant, la prive-t-il de sa forme organisée, et, quand on la précipite de sa dissolution, elle n'est plus la même. Ce corps est une solution d'*oxyde de cuivre ammoniacal.* Mais il est bien évident que pour faire du papier nous n'aurons jamais recours à de la cellulose *fondue ;* il faut qu'elle demeure en forme de filaments aussi longs que possible, même après avoir subi l'action des agents chimiques qui l'ont débarrassée des substances étrangères qui l'accompagnaient. Les matières premières qui satisfont le mieux à ces conditions sont le *coton,* le *chanvre,* le *lin,* qui s'emploient à l'état de vieux chiffons d'étoffe ; puis les pailles, graminées cultivées ou sauvages, l'*alfa* ou tiges de feuilles du *stipe* (*Stipa tenacissima*) qui pousse en Espagne, dans toute l'étendue de l'Europe et surtout en Algérie et dans le nord de l'Afrique ; le *sparte* ou lygée (*Lygæum spartum*), plante analogue et poussant dans les mêmes endroits ; puis le *colza*, les *fougères*, la *mauve textile*, l'*agave*, le *phormium tenax*, le *palmier nain*, le *jude*, et enfin le *bois* lui-même, auquel nous reviendrons un peu plus loin.

— Mais alors, oncle Tobie, tout végétal peut servir?

— A la rigueur, oui ; ce qui revient à dire que la cellulose est très abondamment répandue dans la nature.

— Et il n'y en a que dans le règne végétal ?

— D'organisée? Non. Cependant les règnes de la nature se croisent si bien dans leurs régions inférieures, qu'on a reconnu la présence de la cellulose dans l'enveloppe et les muscles de certains animaux appartenant aux derniers degrés de l'échelle zoologique.

— Ce sont alors de véritables animaux-plantes.

— Tout ceci n'est que sujet de curiosité, mais non d'utilité : de toutes les substances connues, le chiffon présente le plus d'avantages au fabricant ; aussi est-il toujours recherché, et, comme la fabrication et l'emploi du papier vont beaucoup plus vite que la confection par l'usure d'un produit qui ne se peut faire de toutes pièces, il en résulte qu'il y a toujours pénurie de chiffon et que ce dernier est toujours cher et de plus en plus cher. Cela tient aussi à ce que cette matière exige beaucoup moins d'apprêts que les autres pour être prête à faire du papier. La fibre même qui la compose, la préparation des étoffes d'où elle provient, l'usage que l'on a fait d'elle, lui donnent des propriétés de souplesse et de ténacité que le papetier est obligé de développer au prix d'opérations coûteuses dans les autres fibres qu'il veut employer.

Quoiqu'on ait maintes et maintes fois décrit la manière de faire le papier, laissez encore l'oncle Tobie passer rapidement en revue les opérations successives de cette transformation : nous en aurons besoin pour comprendre certaines applications de la pâte à papier dont vous ne vous doutez guère. Marchons du simple au composé.

Les chiffons sont ramassés partout, dans les villes et jusque dans les moindres hameaux, par des chiffonniers de toute catégorie : des marchands en gros les réunissent dans des ateliers où des femmes leur font subir un *triage*, et l'opération du *délissage*, qui consiste à enlever, sur une lame coupante fixée devant elles, les ourlets, coutures, parties doubles ; de plus, à les diviser en morceaux de grandeur convenable déterminée par l'usage. En même temps, l'ouvrière enlève soigneusement tout corps étranger : fragments de métal, boutons, agrafes, œillets de corsets, etc.

Et ne croyez pas que cette première opération soit une des moins importantes ; au contraire, elle l'est tellement, que vous ne vous douteriez jamais que chaque femme trieuse a devant elle jusqu'à *seize cases* dans lesquelles elle jette les chiffons ou parties de chif-

fons pour en composer *seize catégories* différentes,
comme prix et comme emploi dans l'opération finale !
Ce triage demande tellement de soin et d'intelligence,
disons le mot, qu'aucune machine ne pourra jamais
être substituée à la femme. On l'a essayé : cela va

Les chiffons ramassés dans les villes.

bien pour hacher de vieux filets ou des voiles de re-
but, des débris de cordes ; mais les chiffons non seulement sont mal *délissés*, mais par leur souplesse
échappent à l'action de la machine et ne le sont pas
du tout.

Où commence l'emploi de la machine ? C'est dans
un battage énergique appliqué aux chiffons triés, pour

les débarrasser des poussières qui les salissent. On les soumet alors à un premier lavage, puis au blanchiment : car la rareté et la valeur du chiffon sont telles, que maintenant on en emploie de toute couleur, qu'il faut décolorer pour produire du papier blanc, le seul dont nous nous occupons en ce moment. On fait entrer les chiffons dans de grandes sphères en tôle qui tournent autour d'un de leurs diamètres. Un trou permet d'introduire les chiffons : cela fait, on le ferme, et par des tuyaux qui traversent les tourillons on envoie dans la boule une lessive de chaux et de soude. On ne fait tourner l'appareil que très lentement, une vingtaine de tours par heure : les corps gras sont saisis par la lessive, et la chaleur facilite le ramollissement et la dissolution de la matière gommeuse qui unit les fibrilles de la cellulose. Au bout de quatre heures, on rince à l'eau pure et on recommence le premier traitement pendant encore le même temps.

Cela fait, on porte le tissu dans une machine qui, cette fois, doit le détruire et isoler les fibres en une pâte homogène. Ce sont les *piles* ou *cylindres à effilocher*. Ce sont de grands bacs dans lesquels tourne un cylindre armé de lames métalliques qui, à chaque tour, passent à toucher d'autres lames semblables fixées au fond du bac. De là une sorte de mouvement de ciseaux très rapide : car elles font 180 tours au moins par minute, c'est-à-dire *trois à la seconde*. Pendant ce découpement, un large courant d'eau dégage et entraîne la masse pulpeuse d'autant plus fine et plus légère que les ciseaux auront été plus rapprochés l'un de l'autre et, en définitive, auront coupé plus menu.

En deux heures l'opération est terminée. Il faut

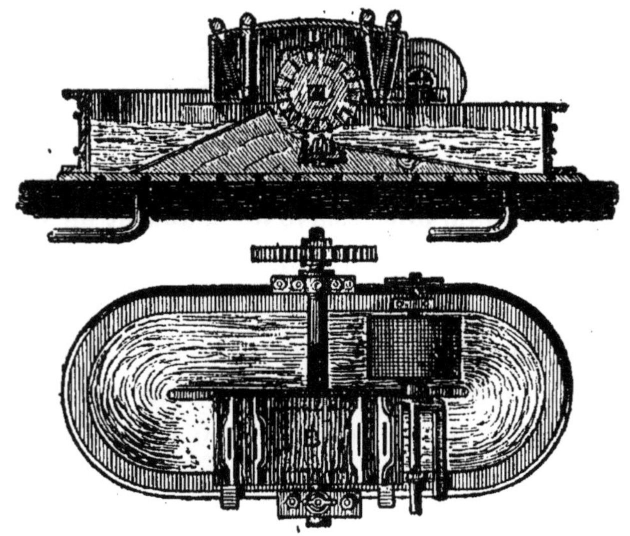

Machine à effilocher, vue de face et en coupe.

blanchir la pâte déjà formée, ce qui se fait au moyen de chlorure de chaux versé dans l'eau où la machine le mélange. On colle alors, dans une autre cuve, au moyen d'un mélange d'empois, de fécule, de savon, de résine et de solution d'alun : la pâte est prête !

Marchons toujours, marchons ! la machine n'attend pas, et quelle machine ! l'une des plus belles que le génie humain ait inventées. C'est à Essonnes, en 1799, que Robert eut la première idée de cette machine, qui ne fut construite que quelques années plus tard en Angleterre. La pâte arrive en bouillie, comme nous l'avons laissée, à une extrémité, et sort par l'autre, à l'état de feuille séchée, rognée à la grandeur voulue et prête à servir. Vous faire comprendre cela n'est même pas d'une grande difficulté.

La pâte est amenée dans de grands réservoirs, ou elle est tenue en suspension dans l'eau par des agitateurs à palettes, et représente ainsi une sorte de bouillie très claire ou de lait épais. Elle arrive sur la machine par un canal dont le fond contient des lamelles inclinées contre le courant. Cet ingénieux artifice [arrête au passage tous les grains de sable, graviers et autres corps lourds qui pourraient avoir échappé aux opérations précédentes. Alors la pâte s'étend sur une toile sans fin, tendue horizontalement : des cuirs l'égalisent, la toile reçoit transversalement des secousses qui croisent et joignent les fibres de cellulose. En même temps, l'eau s'écoule à travers les mailles de la toile et la pâte se coagule de plus en plus.

La feuille est faite, il faut la sécher. Deux cylindres en feutre la prennent et, en les quittant, elle est déjà assez ferme pour se passer de sa toile : d'autres cylindres chauffés la saisissent, elle est bientôt au dévidoir et coupée de longueur, au nombre de tours voulu, glacée, s'il est nécessaire, satinée, puis vérifiée, etc.

Machine à fabriquer le papier.

— Oncle Tobie, un mot maintenant sur l'origine du papier et son invention, je vous en prie !

— Je le veux bien, et je n'aurai pas besoin pour cela de remonter au déluge : car le papier tel que nous le connaissons en Occident est d'origine relativement récente.

— Pourquoi dites-vous en Occident ?

— Parce que les Chinois, ces vieux civilisés, le connaissaient de toute antiquité. Souvenez-vous que nous étions encore de vrais et complets sauvages alors que depuis de longs siècles les Chinois savaient faire d'admirables papiers de pâte et, qui mieux est, savaient le faire d'une grandeur de format à laquelle — remarquez bien ceci ! — l'industrie européenne n'a pu atteindre que dans ces derniers temps.

— Est-ce possible ?

— Hélas ! mon ami, c'est non seulement possible, mais c'est chose exécutée, et je pourrais vous affirmer que, dès cette époque, ils employaient le papier à une foule d'usages que nous ne soupçonnons pas encore aujourd'hui, et pour lesquels nous ne savons pas encore fabriquer cette matière avec les qualités nécessaires.

C'est à peu près vers le neuvième siècle que les Européens ont connu cette substance : elle était fabriquée avec le coton et venait de l'Inde. Les relations de l'Europe avec l'Orient amenèrent ainsi chez nous le secret des Chinois. Aujourd'hui, la Chine est entr'ou-

verte, et nous commençons non seulement à connaî-
tre les nombreuses variétés de papier que ses habitants savent faire, mais à apprendre quelques-unes
des manipulations auxquelles ils les soumettent. Les
matières principales que ces peuples emploient ne
sont pas nombreuses, — ils ont su les choisir chez
eux et les trouver de premier ordre ! — ce sont les
fibres du bambou, l'écorce intérieure du mûrier à papier, celle du fouyong (*Hibiscus*) et le coton.

— Les Chinois ne font donc pas usage du chiffon ?

— Non. Aussi tous leurs papiers sont confondus
sous le nom générique de *pi-tchi,* papier d'écorce, et
se font à peu près de la même manière. Il me semble
intéressant de dire quelques mots de leur manière
d'opérer et de la mettre en présence de la nôtre, que
nous venons de voir, non seulement pour le présent,
mais pour l'avenir.

— Qu'entendez-vous par là ?

— Que le chiffon deviendra bientôt absolument in-
suffisant pour la consommation européenne, que déjà
on va le chercher jusqu'en Asie, ce qui est absurde,
et que, entre temps, une œuvre admirable a été en-
treprise par la Société d'acclimatation française, c'est
la naturalisation du bambou chez nous. Ce fait, si
simple en apparence, est gros de conséquences pour
l'avenir. En effet, les espèces que la France ne pourra
pas acclimater absolument trouveront en Algérie
toutes les conditions nécessaires à une végétation

splendide, et, un jour venu, remplaceront par d'énormes plantations, et avec avantage, les immenses plaines d'alfa qui fournissent aujourd'hui aux papeteries de l'Angleterre et de la France. Voilà, mes enfants, ce que votre oncle Tobie voit dans l'avenir.

Le bambou, que les Chinois nomment *tchou,* est une de ces plantes providentielles telles que Dieu en a créé quatre ou cinq sur la terre entière, qui suffisent *à tout,* dans les pays où elles sont répandues. Est-il besoin de rappeler que ses tiges creuses, légères et solides, servent à faire des conduits, des vases, des seaux, des ustensiles de ménage ; que les plus fortes pousses s'emploient en charpente pour tous les édifices, que les plus petites forment des meubles, des cloisons, des échelles, que sais-je ? Avec les fibres qu'on en détache on fait des nattes, des paniers, des chapeaux, des voiles, des cordages, des filets ; ses feuilles couvrent les toits. Des nœuds vivants des tiges découle une liqueur douce et agréable qui fournit du sucre sous l'action de la chaleur, un vin ou de l'alcool par d'autres moyens ; les jeunes pousses se mangent ; enfin, le bambou fournit non seulement le pinceau avec lequel les Chinois tracent leurs caractères, mais encore le papier qui les reçoit.

— Hâtons-nous donc de planter le bambou.

— Dites-le à vos familles. Déjà, dans le Midi, des plantations sont superbes ; les espèces sont nombreuses, et les débouchés se présentent de tous côtés.

Mais revenons à notre papier. C'est dans le midi de
la Chine, dans le *Fo-Kien,* que cette fabrication est
florissante. Lorsque les premières pousses du bambou
commencent à sortir de terre, on choisit le moment
où ses bourgeons vont donner des branches et des
feuilles ; cela a lieu vers le commencement de juin.
On abat alors ces pousses de bambou, et on les coupe
en tronçons d'un à deux mètres de long, que l'on
fend ensuite en baguettes. Ces opérations se font sur
les montagnes mêmes où poussent ces végétaux, et
dans ces endroits on creuse des bassins, des trous,
comme nous faisons pour le chanvre, et on y amène
de l'eau pour y rouir de même les paquets de bam-
bous refendus. Rien, dans tout cela, de nouveau pour
nos populations. On traitera le bambou comme le
chanvre.

Lorsque les faisceaux de bambou ont trempé ainsi
cinq ou six semaines et sont suffisamment attendris,
on les bat avec un maillet pour enlever l'écorce gros-
sière et siliceuse, en même temps que la peau verte
au-dessous de laquelle se trouvent les filaments. C'est
un véritable *teillage,* et nos paysans savent le faire
parfaitement pour le chanvre et le lin. On lave les
filaments à l'eau pure, puis on les met, à sec, dans
une grande fosse où on les recouvre de chaux. On les
arrose, pour que celle-ci se dissolve, puis on les re-
tire de la fosse, on les lave à grande eau, et on les
expose au soleil pour les blanchir.

On place alors les filaments dans des cuves pleines
d'eau que l'on fait bouillir, et, au moyen de mortiers
de bois, on réduit les fibres en pâte. Nous laisserions
faire cet teopération à nos machines, qui la mèneraient
mieux et plus vite. Tout ce traitement est de la plus
grande simplicité, et peut être exécuté par nos
paysans.

Une fois la pâte faite, les Chinois la collent en y
mettant tremper quatre ou cinq jours les tiges d'une
plante appelée *ko-tang* : ces tiges rendent une matière
onctueuse et gluante qui se mêle à la pâte ; on bat le
tout pour bien mélanger. C'est le collage au *ko-tang*
qu'il nous faudrait imiter, en nous procurant la plante
et en la cultivant chez nous : elle produit une pâte de
papier qui, sur la forme, se solidifie vite et garde une
consistance admirable. Au sortir de la cuve même,
cet encollage est si puissant, que la feuille est compacte, douce, luisante, se détachant sans aucune difficulté.

Le reste des opérations ne diffère pas des nôtres :
une fois qu'un millier de feuilles sont placées les unes
sur les autres, on serre la pile pour en faire sortir
l'eau, et l'on sèche les feuilles à l'étuve. Pour les em-
pêcher de boire, on les trempe une à une dans une
dissolution d'alun ; on lisse au moyen d'un corps dur
et poli : nos cylindres auraient bientôt remplacé cette
manipulation, longue et très imparfaite. Le papier
de bambou ainsi obtenu est blanc, doux, bien feutré,

uni ; ses défauts sont d'être un peu cassant et facile à
manger aux vers ; mais, comme c'est un papier commun, on n'y regarde pas beaucoup.

Le papier ordinaire, celui dont on se sert le plus
communément, est le papier de mûrier, *ku-chu*. On le
prépare par les mêmes procédés absolument, mais en
employant les fibres du liber de l'arbre, après avoir
enlevé l'écorce extérieure par la macération dans
l'eau.

Comme mode de fabrication, ce que les Japonais
ont de plus original, c'est de faire le papier comme
nous faisons les crêpes. Les outils ne sont pas tout à
fait semblables, mais le procédé est le même. Jugez-
en ! Il va sans dire que l'on ne fait pas ainsi des
feuilles de format *grand aigle*. Lorsque leur pâte est
prête, ils placent une large pierre bleuâtre sur un
poêle chauffé en dedans. Dès que la pierre est chaude
à point, ils trempent un gros pinceau dans la pâte et
en étendent une couche mince sur la pierre. A l'instant la crêpe... non, le papier est fait !

— Bravo !

— Ah ! nous nous croyons bien savants, parce
qu'avec la vapeur nous faisons mouvoir de lourdes
machines... Ceux-là ont su trouver l'utile et l'agréable
sans ces complications. En l'état actuel de la fabrication du papier en France, qui peut en faire, en
dehors des fabricants assez riches pour payer leurs
machines énormes ? Là-bas, le petit marchand fait,

avec son poêle de pierre, son papier comme il l'entend !

Les Coréens emploient les mêmes procédés que les Chinois pour obtenir la pâte, la matière première ; mais ils en font une étoffe solide et très durable, dont ils trouvent un débit énorme dans les pays voisins, et qui est certainement bonne, puisque c'est en partie avec ce papier qu'ils payent leurs impôts à l'empereur. Si ces étoffes ne valaient rien, le fisc, comme tous les fiscs du monde, saurait bien les leur laisser sur les bras. Les Chinois, qui reçoivent ce papier coréen, mais qui ne savent pas le faire, ne s'en servent pas pour écrire, ils en garnissent leurs fenêtres en guise de vitres, parce qu'il résiste mieux que les leurs au vent et à la pluie.

Ce qui est intéressant, c'est que les Japonais savent peindre et apprêter tellement bien leurs papiers de tentures, qu'on les prend très aisément pour des étoffes de soie.

— Et le fameux papier de riz, oncle Tobie ?

— Le papier de riz est la moelle de l'*Aralia papyrifera,* une sorte de roseau dont on ôte l'écorce, puis en long, comme quand nous coupons un bouchon pour l'amincir, on enlève un feuillet très mince qui, toujours en tournant, use toute la matière. On prend alors cette feuille, on la met en presse, puis on en colle deux ou quatre, ou six, croisées les unes sur les autres, au moyen de colle de riz. Ce n'est, comme vous le voyez, aucunement un papier, c'est-à-dire un feutre artificiel de fibres végétales, c'est le tissu cellulaire d'une plante employé sans préparation.

— Et ce qu'on appelle le papier de Chine ?

— C'est un papier d'une consistance toute spéciale, doux, élastique, qui prend admirablement bien l'encre d'imprimerie, et donne toute la finesse dont sont susceptibles les gravures que l'on imprime à sa surface. On a essayé vingt fois de contrefaire ce papier en Europe ; jamais on n'a réussi, et nous sommes encore tributaires de ce peuple... que nous regarderions volontiers comme des barbares !

Entre le carton et le papier proprement dit la différence n'est qu'une question de grossièreté de matière première : voyez, dans certains cas, le carton n'est qu'un composé de papier. On appelle celui-là *carton de collage ;* il se compose de plusieurs feuilles de papier, bises ou blanches, collées les unes sur les autres. Ce carton présente des qualités de flexibilité et de résistance tout à la fois que le *carton de pâte* n'acquiert que difficilement.

Le carton de pâte se fait avec de vieux papiers que l'on humecte, qu'on laisse pourrir pour les désagréger, et que l'on malaxe même sous l'eau, au moyen de meules verticales tournant dans une cage circulaire. On obtient ainsi une pâte spéciale avec laquelle on n'est pas encore parvenu à faire du carton sans fin, comme on fait le papier sur une toile, parce

qu'il faut que la matière une fois étendue reçoive une
pression qui en fasse sortir l'eau. C'est pourquoi on
ne se sert que de formes à la main, et le carton,
une fois essoré, est laissé à l'air libre. Il serait assez
difficile de dire ce qu'il n'y a pas dans la pâte du carton bis ordinaire, parce que cette pâte n'est pas affinée
avec beaucoup de soin, et que d'ailleurs elle n'en a
pas besoin. On fait aussi du carton avec la paille et
la pulpe de bois de dernière qualité. Nous avons
même vu à l'Exposition de 1867 une machine qui
convertissait d'une façon merveilleuse la fibre des
bois tendres en pâte à papier et en pâte à carton de
belle qualité. On employait, de préférence, des bois
fibreux et légers, comme le saule, le tremble, le
bouleau, le peuplier, etc.

N'oublions pas que, dans les fabriques de carton,
on fait choix des meilleures qualités pour appliquer
sur chaque feuille, avant le pressage, une feuille de
papier blanc sur chaque face, et le tout fait corps ensemble. Ce carton est employé pour la confection des
cartonnages. A quoi l'on emploie ce qui se fait de
carton ainsi ne peut se décrire exactement : il y a là
toute une industrie essentiellement parisienne, qui
occupe un nombre énorme d'hommes, de femmes et
d'enfants. Le cartonnage comprend non seulement
toutes ces boîtes ornées, enrichies, peintes, qui ont
leur emploi au premier de l'an dans toutes les villes
du monde, mais tous les étuis de mille formes qui

enveloppent les remèdes chez les pharmaciens, les
boîtes de toutes grandeurs dans lesquelles tous les
marchands, épiciers, pharmaciens, confiseurs, coif-
feurs, etc., vendent les pilules, les poudres de mille
sortes que débite le commerce. Les ressources et les
emplois du cartonnage sont incroyables, et il n'est
presque pas d'industrie qui ne leur demande secours.

— Oncle Tobie, je crois qu'il ne faut pas négliger
non plus le carton et le papier-carton qui sont employés en si grand nombre par les fabricants d'étoffes
pour envelopper leurs produits. Chez mon grand-
père, qui est fabricant de drap à Roubaix, c'est par
énormes voitures que l'on apporte les papiers qui enveloppent les étoffes.

— Tu as raison, mon ami, mais tu oublies encore
une des grandes dépenses de la fabrique de ton ex-
cellent grand-père. C'est l'établissement des cartons
percés à jour que nécessitent les métiers Jacquard.
Ne te rappelles-tu pas que chaque dessin — et Dieu
sait ce que l'on en invente et ce que l'on en fait
chaque année ! — nécessite des centaines et puis des
milliers de ces petits cartons percés à jour ? Si, comme
moi, tu avais suivi la fabrique des étoffes de soie, à
Lyon, avec leurs fleurs splendides et si compliquées,
tu aurais vu que les manufactures possèdent des
chambres énormes dans lesquelles sont entassés,
comme en une bibliothèque immense, ces cartons
méthodiquement conservés et représentant là des

centaines de mille francs qui dorment et ne rapportent rien !

— Cela ne ressert donc point ?

— Si, mais seulement pour le dessin qu'ils représentent. Du jour où ce dessin peut resservir, les cartons remontent au métier ; sans cela, ils demeurent entassés sans valeur actuelle.

— Mais, oncle Tobie, vous oubliez, ce me semble,

Les papiers d'emballage.

tous les cartons que débitent les marchands de nouveautés en vendant les marchandises de nos fabricants? Cette quantité doit aussi être considérable.

— Je le crois bien. Outre les cartons anglais qui sont plus fins et plus beaux que les nôtres, nous possédons en France une quinzaine de centres de fabrication. Ceci vous montre à combien d'usages sert le carton, et combien c'est une matière précieuse pour l'industrie en général.

— Et le carton-cuir?

— Ah! oui. C'est un des emplois les plus intéressants de la pâte à carton, car on emploie cette pâte à bien des usages. Chez nous, — on appelle cela l'industrie de Sarreguemines et du Jura, — la pâte à carton sert à faire des tabatières, des poires à poudre, des étuis, des vases d'ornement, des socles de pendule, etc., en un mot une multitude d'objets grossiers et à très bon marché. En Angleterre, on s'en sert non seulement pour fabriquer ces porte-plumes, ces boîtes, ces couteaux à papier, ces petits meubles couverts des raies multicolores des anciens tartans écossais, mais pour aborder des meubles, de vrais meubles, tables, armoires, nécessaires, etc. ! Nous ne pouvons assez admirer la perfection et la solidité des vernis dont ils savent recouvrir tous ces objets et le poli qu'ils arrivent à leur donner. En France, nos tabatières communes sont bien loin de cette perfection, et cependant le fond des deux industries est le même. C'est tout simplement de la pâte à carton solidifiée par une solution de gélatine, moulée, puis recouverte d'un vernis imperméable noir ou coloré.

Ce qu'on fait, de l'autre côté du détroit, de dessous de bouteille, de paniers à pain, de corbeilles, de jattes, de plateaux en cette matière est incalculable. Elle offre encore cet avantage, c'est qu'en mélangeant à la pâte des matières spéciales on parvient à la rendre inattaquable aux insectes.

Métier à la Jacquard (d'après le modèle conservé au musée du
Conservatoire des arts et métiers).

— Et le carton-pierre, oncle Tobie?

— Ah! mes enfants, nous grandissons toujours!
Nous faisions tout à l'heure des meubles, et voilà que
nous allons construire des maisons. Le carton-pierre
est une admirable découverte. On s'en est beaucoup
moqué, sous le règne bourgeois du roi Louis-Philippe,
parce que l'on trouvait indigne de la grandeur d'un
roi de France l'emploi exagéré qu'il faisait de cette

La plupart des ornements employés dans nos demeures...

économique découverte; et cependant, ce qu'il en a
mis, à Versailles et à Fontainebleau, entre autres, n'a
pas encore bougé, et si ce n'a pas la pureté d'une
sculpture d'école en pierre, cela tient bien dans l'intérieur des appartements. Le carton-pierre est une invention suédoise. C'est un mélange de pâte de carton,
de terre glaise, de craie et d'huile de lin : en séchant,
ce mélange prend une grande dureté. La plupart des
ornements employés à l'intérieur de nos demeures en

sont pas formés d'autre nature, et, en Amérique, on en a coulé et fait des maisons aussi solides que les autres. Plus de taille de pierre, tout se fait au moule !

On en a construit non seulement la maison, mais encore sa couverture. Cette composition sert à faire des ardoises et des tuiles excellentes, auxquelles on donne la couleur que l'on veut.

— Tandis que vous nous parlez de maison et de couverture, oncle Tobie, permettez-moi de vous rappeler que le carton ou le papier, car c'est absolument la même chose, nous sert bitumé à couvrir tous nos hangars, toutes nos constructions légères, qu'il nous fournit maintenant des tuyaux — ce qui est plus fort ! — pour conduire l'eau, le gaz, où nous voulons.

— Et, aujourd'hui, imitant les Japonais, plus habiles que nous depuis des siècles sur la fabrication des papiers de toutes les espèces, voilà que nous demandons au papier la décoration de nos appartements.

— Cela, je ne le comprends pas, je l'avoue !

— C'est que, mon ami, vous n'avez aucune idée de ce que peut être un papier. Vous êtes habitué à toujours voir le papier sous forme d'une feuille plus ou moins rigide, mais toujours dure et craquante sous le doigt. Cela tient à ce que nous faisons toujours intervenir des fibres courtes et de la colle. Mais le papier, c'est-à-dire le feutre des fibrilles végétales, peut ne pas du tout être ainsi. Augmentons la lon-

gueur des fibres, quelle que soit d'ailleurs leur couleur, augmentons l'épaisseur de la feuille, soumet-
tons-la à un traitement approprié lors de sa fabrication,
et nous aurons une étoffe, une véritable étoffe, d'une
ténacité incroyable. Moi qui vous parle, j'ai reçu de
Cochinchine des étoffes-cuir, en papier, avec lesquelles là-bas on relie les livres et qui sont aussi dif-
ficiles à déchirer que du cuir véritable. Bien plus,

Les Chinois font même des vêtements en papier.

ce même papier-cuir souple est verni à l'huile sic-
cative, et, quoique souple, est parfaitement imperméable.

La fabrication française s'est empressée d'imiter
ces procédés, et maintenant non seulement on fait
des rideaux de tenture souples, solides, mais on commence à confectionner des jupons en papier et des
vêtements analogues. Pourquoi ne le ferions-nous
pas dans notre Occident, alors que depuis des siècles

les Orientaux chinois se vêtent de robes en papier et s'en trouvent bien.

— Oncle Tobie, vous aviez bien raison de nous dire que nous ne savions pas encore quel serait le dernier mot du papier !

— Le papier suffira, dans quelques années, à la moitié des usages de notre vie.

— En attendant, oncle Tobie, on y mélange de bien singulières choses !

— Comment savez-vous cela ?

— Mon Dieu ! d'une manière bien simple : j'avais remarqué que le papier qu'on apportait à la maison venant de chez l'épicier avait un toucher particulier, une consistance toute spéciale ; j'en fis brûler des morceaux et constatai que le résidu était une véritable feuille de terre calcaire, par conséquent que la cellulose n'y entrait qu'en quantité juste suffisante pour maintenir ces matières incluses.

— Il y a là un vol évident, contre lequel il n'est que temps de protester, et contre lequel la justice vient de sévir en condamnant comme vente à faux poids celle qui a lieu en mettant le papier qui enveloppe la marchandise dans la balance, et le pesant comme en faisant partie.

— Bah ! une feuille de papier !

— Une feuille de papier... soit ! mais, d'abord, le papier grossier que vous vendez, au poids, comme la vanille, par exemple, que vous allez envelopper dedans, est un vol évident ; l'un vaut quinze ou vingt fois moins que l'autre ! Mais cela n'a pas suffi aux honorables débitants de denrées coloniales que nous nommons *épiciers,* et qui, par ce moyen, lèvent un lourd tribut sur toutes nos campagnes. Le papier est trop léger, et plus léger que la plupart des marchandises vendues ; si donc on le rendait plus lourd, on gagnerait bien plus... et l'on ne s'en apercevrait guère. C'est ce que l'on a fait. Et, aujourd'hui, des fabricants de papier se sont prêtés partout à cette fraude honteuse et vendent du papier contenant *tant pour cent pesant,* au choix, de matière inerte mais *pesante,* afin que la fraude que nous signalons puisse s'exercer en toute sécurité. Et pas un de nos villages où cette fraude ne s'exerce au grand jour, non seulement chez l'épicier, mais chez tout marchand usant de la balance !

— Oncle Tobie, j'ai trouvé encore un papier dont vous ne nous avez rien dit.

— Lequel ?

— Le papier de tenture qui est autour de nous.

— Moi, j'en ai trouvé aussi un autre !

— Et lequel, s'il vous plaît ?

— Le papier végétal.

— C'est vrai. Est-ce tout ?

— Non ! et le papier à filtrer ?

— Et puis ?

— Je n'en connais plus...

— Nous allons répondre à tout cela en quelques mots. Si je ne vous ai point parlé du papier de tenture, du papier peint en un mot, c'est que je ne veux point entrer dans des détails de fabrication qui ont cependant un grand intérêt, mais dont je vous parlerai un autre jour. Les papiers de tenture sont de deux sortes : les uns à pâte blanche, ce sont les plus

Fabrication du papier peint.

chers ; les autres à pâte bise, et permettant d'établir les prix de vente à des taux fort réduits.

Tous les papiers peints sont en rouleaux de même dimension, ayant huit mètres de long. Eh bien, on en établit à vingt centimes le rouleau, depuis qu'on a trouvé le moyen de les imprimer à la mécanique. C'est surtout pour ces sortes de papier qu'on emploie les matières les plus diverses. Je me souviens, à l'Exposition de 1867, d'avoir vu un fabricant qui faisait de très beau papier avec le *Phormium tenax* ou lin de la Nouvelle-Zélande, et le sparte, qui y mêlait de la paille, qui faisait du carton avec de l'osier, du regain du foin, des déchets de brasserie, du cuir, que sais-je?

Quant au papier végétal transparent dont vous me parlez, ne le confondez pas d'abord avec le papier huilé ou ciré dont on fait beaucoup usage. Le papier

Fabrication du papier à la main.

végétal s'obtient avec la filasse du lin ou du chanvre en vert, que l'on ne blanchit pas. La transparence est due aux matières azotées et à l'acide acétique interposés entre les fibres.

Vous me demandez encore comment se fait le papier à filtrer ou papier Berzélius : c'est le type le plus pur de papier que l'on connaisse. Il faut de l'eau filtrée et pure pour le faire et l'on n'y emploie que des chiffons de toile neuve, effilochés par le pourrissage et le pilonnage. La pâte est blanchie sans chlorure, traitée avec tous les soins possibles, et donne ainsi le minimum de cendres possible lors de son incinération.

C'est bien tout ce que vous m'avez demandé, mes chers amis? eh bien ! à mon tour de vous signaler des papiers spéciaux et cependant bien connus que vous avez oubliés : le papier de soie.

— Ah ! c'est vrai.

— Le papier de soie ou *papier Joseph* a été inventé par les frères Montgolfier. Ce sont eux qui retrouvèrent encore la fabrication du *vélin,* qui était un ancien papier à la forme, mais sur lequel on n'apercevait pas de trace des vergeures.

Et maintenant, pour finir, permettez-moi de réparer un oubli bien involontaire. Lorsque nous avons parlé des papiers de tenture, des rideaux, des étoffes, j'aurais dû vous dire que le papier maniable du Japonais n'avait pas pu échapper à l'intelligence de fabricants comme les frères Montgolfier. Ils cherchèrent et trouvèrent ce qu'ils appelèrent le *papier-linge,* par lequel ils voulaient remplacer le linge de table avec une économie considérable. Malheureusement, les temps étaient agités, les esprits non ouverts, et les essais remarquables qu'ils produisirent demeurèrent lettre morte pour leurs contemporains... Ils le sont encore aujourd'hui pour nous, mes amis, ne vous y trompez pas ! Et cependant un siècle depuis s'est bientôt écoulé !

L'ASSAPAN

J'ai beaucoup chassé l'écureuil, surtout dans l'est de la France, non seulement l'écureuil rouge, mais encore l'écureuil gris, qui s'y trouve assez communément, et dont la fourrure d'hiver est très appréciée pour confectionner des manchons, palatines et garnitures de robe.

Je n'examinerai pas la question, assez curieuse, de savoir si ce dernier est une espèce ou non. Ce qui m'a vivement frappé, ce sont les sauts prodigieux dont est capable ce petit animal lorsqu'il est effrayé et vivement poursuivi. Ce n'est pas un quadrupède qui grimpe et qui bondit : c'est littéralement un oiseau qui vole.

Combien de fois ai-je vu l'écureuil, manqué d'un premier coup de fusil, s'élancer du haut d'un vieux

chêne isolé au milieu des taillis, se précipiter, la tête
la première, à l'automne, au milieu des branches
dénudées des cépées, en saisir une en tombant, re-
bondir par l'élasticité du bois lui-même, et fuir sur
les autres brins plus ou moins inclinés avec autant
d'aisance que s'il marchait sur un plancher clayonné
dans l'espace ! Que serait-ce donc si, au lieu de
notre écureuil indigène, nous nous fussions amusés
à poursuivre les *assapans* ou *écureuils volants* des contrées circumpolaires !

Ces animaux, auxquels on donne également le nom
de *polatouches,* ne sont pas nombreux en espèces;
on en distingue deux ou trois, selon les lieux où ils
sont répandus : Asie, Amérique et même Europe,
mais toujours dans les régions boréales. Extérieure-
ment, toutes ces espèces se ressemblent par leur petite taille, leurs membranes velues, leur *facies* qui
rappelle celui de notre écureuil. Mais tous ont, de
plus, le caractère remarquable des animaux éminem-
ment nocturnes, ou tout au moins crépusculaires,
c'est-à-dire les yeux grands, gros et très bombés.

Leur queue en panache est couverte de poils dis-
tiques, c'est-à-dire disposés, comme les barbes d'une
plume, en deux rangées opposées, mais plus fournis
que celle des écureuils diurnes de nos pays. Le polatouche, ou écureuil volant européen, rappelle aussi
comme port notre gros loir, d'autant qu'il est de taille
moindre que l'écureuil. Ceux qu'on prend en Pologne,

en Finlande, en Laponie et en Sibérie ne sont pas plus gros que notre loir commun; mais leur membrane, repliée au repos, les fait paraître plus trapus. Il en est de même de ceux qui viennent de Virginie, de la Nouvelle-Espagne et du Canada. A la Louisiane, on en trouve qui ne sont pas plus gros que notre

L'écureuil commun.

loirlérot, et qui s'élancent d'un arbre à l'autre, traversant un espace de huit ou dix mètres.

L'écureuil volant que l'on rencontre communément en Sibérie est un animal triste et farouche, quoique élégant dans ses formes et son pelage. Le seul reproche qu'on puisse lui faire, c'est la forme buotse et arrondie de sa tête, qui, jointe à ses yeux gros et saillants, le fait paraître effaré et même un peu bête. Il a de petites oreilles courtes et arrondies, mais en revanche des moustaches noires et raides, aussi longues que sa tête, et qui, la nuit, aident ses yeux dans la direction de ses mouvements, en lui faisant éviter les corps solides. La présence de semblables moustaches — véritables antennes — est caractéristique de tous les animaux nocturnes ou crépusculaires. Les chats — tous les félins — leur doivent une bonne partie de leur prudence et de leur sécurité. Coupez-les, ils seront désarmés !

L'aspect du polatouche sibérien est celui d'un animal blanc gris, — on en trouve souvent de tout à fait blancs, — dont la membrane est ourlée d'un filet brun ou noirâtre ; la queue elle-même se relève en panache plus foncé que le corps et paraît noire à son extrémité, ce qui constitue un très joli pelage. La nourriture de l'animal, conforme au pays qu'il habite, ne peut être très variée : elle consiste uniquement en bourgeons, en jeunes pousses, en cônes de bouleau et de sapin, arbres sur lesquels il grimpe la nuit avec une rapidité et une sûreté de mouvements dont rien ne peut donner l'idée. L'assapan américain est moins gros que le sibérien, mais il a la queue un peu plus longue. Son pelage est beaucoup plus foncé ; c'est déjà moins un animal des contrées désolées, des frimas éternels. Sa personne prend les tons fauves des climats tempérés, sans pour cela perdre tout à fait la nuance caractéristique de toute

la famille. Les yeux ont des lunettes noirâtres qui
donnent à l'animal un aspect rusé et éveillé très original. La queue, au contraire, de l'autre espèce
est presque blanche en dessous, et forme un superbe
panache quand l'animal la relève au-dessus de sa tête.

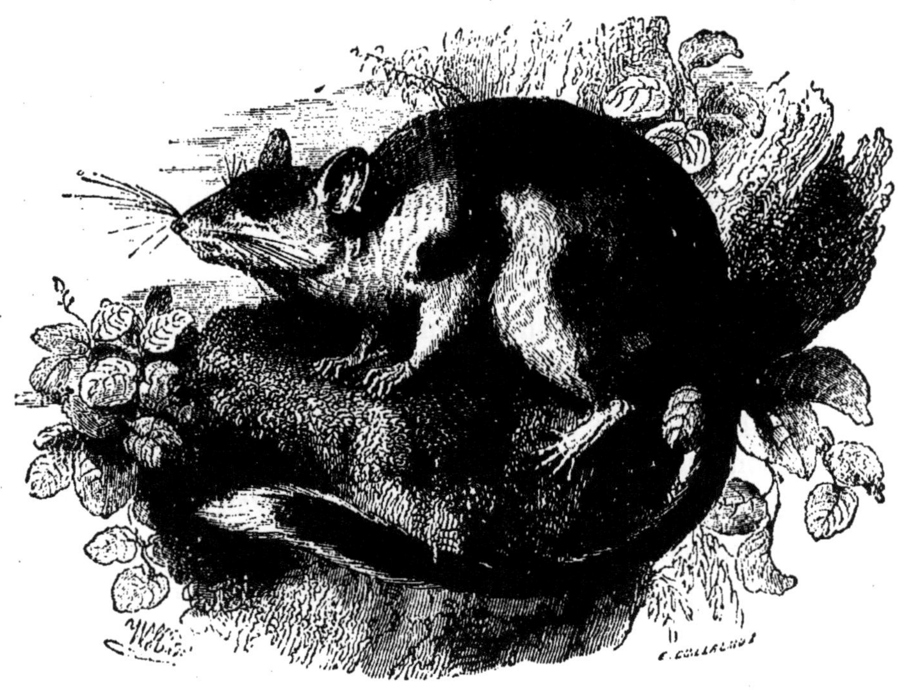

Le loir.

L'assapan vit en troupe dans les grandes forêts,
qu'il ne quitte jamais, et où il se nourrit de noix, de
graines et de bourgeons, faisant, dit-on, de nombreux magasins, dans lesquels il entasse des pro-
visions pour la saison mauvaise : car il ne s'endort
jamais du sommeil léthargique de beaucoup d'autres

rongeurs. Lorsque le crépuscule descend sur les forêts, alors il commence ses courses et ses gambades : de lent et paresseux qu'il semblait, tandis que le soleil était sur l'horizon et que l'éclat de la lumière offusquait ses gros yeux trop ouverts, il devient d'une vivacité et d'une agilité surprenantes. Autant il était endormi dans les troncs d'arbres, autant, une fois sorti de sa cachette, il se montre éveillé, brusque et rapide. Grâce à la membrane qui s'étend entre ses pattes, il peut franchir en parachute des distances énormes entre les arbres. Vingt à vingt-cinq mètres ne lui font pas peur. Il emploie le même mode de locomotion que le grimpereau, — l'oiseau peu voilier des écorces, — emploie de son côté. Il grimpe au sommet d'un arbre, s'élance et vient s'accrocher au bas du tronc de celui qu'il a visé. Jamais il ne descend à terre, à moins qu'il ne se sente bien seul et qu'il n'y vienne ramasser des fruits ou des branches tendres. Sa membrane le gêne pour marcher, et il ne s'éloigne jamais assez d'un arbre pour ne pouvoir, d'un seul bond, s'y réfugier en grimpant. La femelle met bas deux à quatre petits au moins, qu'elle allaite sur un lit de mousse préparé dans des conditions tout à fait semblables à celles de notre écureuil commun.

D'un naturel doux et tranquille, les polatouches et assapans s'apprivoisent assez facilement; mais tout se borne chez eux à devenir inoffensifs pour les personnes qui les soignent et les nourrissent, à prendre

leur nourriture en leur présence, puis dans leur
main ; à se laisser saisir, mais toujours avec répugnance. Leur intelligence, assez bornée, ne se déve-
loppe pas davantage ; notre écureuil n'est pas beaucoup plus intelligent. Les uns comme les autres ne
s'attachent que peu ou point à leurs maîtres, et,
s'ils trouvent une occasion de reconquérir leur liberté,
ils ne manquent pas de la saisir. On aurait vu,
d'après É. Geoffroy Saint-Hilaire, les polatouches
se reproduire à la Malmaison : une femelle y aurait
fait trois petits. Plusieurs individus ont existé de
son temps au Jardin des plantes ; ils se tenaient
constamment couchés sous le foin qui leur servait
de litière, et ne se montraient que quand on la
changeait ; alors ils s'élançaient à la partie supé-
rieure de leur cage, et, si on les inquiétait de nouveau, ils sautaient du côté opposé, en étendant les
membranes de leurs flancs, au moyen desquelles ils
parvenaient à décrire, en tombant, des paraboles
d'une assez grande étendue. De notre temps, ni le
Muséum ni le Jardin d'acclimatation ne possèdent ces
charmants petits animaux. C'est une lacune à re-
gretter pour ces deux établissements.

L'INVALIDE DE BORDJ-BOU-ARERIDJ

— Ceci, conta l'oncle Tobie, est l'histoire d'un ami
que j'eus, il y a quelques années, à Paris... au Jardin
des plantes.

Le personnage était un magot amputé d'une jambe,
mais qui semblait ne rien perdre pour cela de son
agilité et de son adresse. Il représentait alors au
Jardin une des victimes de la dernière insurrection
arabe.

Fritz, tel était son nom, — je l'eusse mieux aimé
autre qu'allemand, mais ma fidélité d'historien m'o-
blige à cacher ma répugnance, — Fritz avait une
histoire. Il avait été pendant plusieurs années le
Singe de la colonne Saussier, en Afrique.

Je l'ai beaucoup connu, avec sa mutilation... et sa
compagne, Mme Jacqueline, qu'il aimait tendrement.

M. Fritz était un macaque magot (*Macacus inge-*

nuus) selon la science. Selon la nature, il était originaire de la vallée de l'Oued-Sahel, près de Bougie, où son espèce est assez nombreuse, et vit parmi les rochers et les arbres. Mme Jacqueline était du même pays, et leur famille remonte à la plus haute antiquité. Les Romains connaissaient parfaitement leurs ancêtres et s'en servaient — ô profanation des peuples jeunes ! — pour étudier l'anatomie. Était-ce donc votre faute, pauvres enfants de l'Oued-Sahel, si vous ressemblez un peu à l'homme ?

C'est évidemment du magot que Pline parle quand il rapporte que ce singe imite tout, apprend à jouer avec l'homme, distingue une image de cire, vit bien dans les maisons, où il se reproduit, et aime qu'on s'occupe de lui. D'autre part, Léon l'Africain savait que ce singe était très fréquemment trouvé dans les forêts de la Mauritanie ; on l'apportait souvent à Rome, où on l'aimait à cause de son intelligence.

C'est le seul singe que nous possédions sur le continent européen, où se trouve encore une petite troupe de ces animaux sur les rochers de Gibraltar. Sans qu'on les poursuive, — car, au contraire, on les protège, — ils disparaissent de jour en jour. Cela ne tendrait-il pas à faire penser que les conditions climatériques, ou peut-être telluriques, changent insensiblement, puisque d'elle-même cette espèce s'éteint ? Non qu'elle trouve plus difficilement à se nourrir et à se loger au milieu des rochers de la péninsule ibé-

rique qu'elle ne le faisait il y a quelques centaines
d'années. En effet, les habitations de l'homme n'ont en
aucune façon empiété sur ses domaines, et les singes y
vivent dans un repos complet, une liberté absolue. Cependant, une cause inconnue les décime, et dans peu
l'Europe aura perdu toute trace vivante de l'ordre
le plus élevé des mammifères. On a cru reconnaître,
d'ailleurs, que jadis cette espèce était répandue sur
une partie considérable de notre continent.

Le magot est également le seul macaque du continent africain. D'autres habitent Ceylan, Sumatra,
Bornéo, les Indes, en un mot la partie sud-est de
l'Asie. Parmi ces espèces, très semblables cependant
entre elles, la queue varie beaucoup de longueur :
tantôt elle manque, comme chez Fritz l'Africain, tantôt elle est demi-longue, et tantôt plus longue même
que le corps. Ces derniers remplacent les cercopithèques ou guenons dans les contrées asiatiques ; mais
ils ont beaucoup de rapports avec les cynocéphales,
et ils établissent le passage naturel des premiers aux
seconds. Cette position intermédiaire entre ces deux
grands genres ressort d'ailleurs parfaitement de leurs
habitudes : tantôt ils vivent dans les forêts comme les
cercopithèques, et tantôt au milieu des rochers comme
les cynocéphales.

Or, le 15 mai 1871, Fritz était, depuis une couple
d'années, le favori de tout son régiment, quand le
bachaga de la Medjana, El Mokrani, malgré les pro-

testations de fidélité faites et renouvelées récemment
encore au colonel Bonvalet, commandant la subdi-
vision de Sétif, se déclara en insurrection. Bientôt,
il vint attaquer Bordj-bou-Areridj, à la tête de dix mille
insurgés. Cette petite place n'était défendue que par
trois cent cinquante mobiles, plus Fritz, commandés
par le commandant Ducheyron, du 5ᵉ hussards.

Il s'engagea alors une lutte opiniâtre, qui dura depuis neuf heures du matin jusqu'à onze heures du
soir. Les Kabyles voulaient avoir le dessus. Puis la petite garnison se trouva bloquée dans la place pendant
onze jours, en proie aux plus grandes inquiétudes
et bientôt réduite aux dernières extrémités par le
manque de vivres et d'eau, les Kabyles ayant coupé la
conduite d'eau qui alimentait la ville.

Bordj-bou-Areridj représentait, dans la plaine, une
butte pierreuse isolée, sur laquelle étaient bâties quelques maisons entourées d'un rempart élevé augmen-
tant la défense. C'est tout petit, et autour de la butte
le terrain se relève en pente douce, et la bourgade
s'étend sur cette pente. Heureusement, dans le fort
s'étaient trouvées quelques petites pièces d'artillerie,
ce qui fit qu'on put tenir les Kabyles à distance dans
leur investissement. Cependant les coups de fusil se
poursuivaient sans interruption toute la journée...

Or, en ce temps-là, Fritz était l'ami, le commensal
d'un sergent d'administration, et, au milieu des
changements de corps qui s'exécutaient à chaque

instant, il avait été voisin d'un grand et beau lévrier avec lequel il avait non seulement fait connaissance, mais établi une amitié profonde. Malheureusement, devant les nécessités de la défense, dans l'investissement de Bordj-bou-Aréridj, les deux amis furent séparés par le sort. Le grand lévrier fut emmené par son maître au pied de la colline du fort, tandis que Fritz, inconsolable, occupait avec son sergent la caserne qui se trouvait au milieu du village.

Que ne peut l'amitié sincère ! Florian nous l'a montré de main de maître dans *le Lapin et la Sarcelle*. Fritz n'avait point de nacelle à construire pour emporter son ami, mais il risquait sa vie pour l'aller voir. L'un ne vaut-il pas l'autre ?...

Il partait donc de sa caserne ; puis, la conversation terminée, il revenait fidèlement au logis. Chaque jour c'était une course semblable, pleine de dangers, la suite l'a prouvé !... Un beau jour, il passait sur le mur qui entourait la caserne, quand un poste de Kabyles, le prenant sans doute pour un homme, — quel honneur ! pauvre Fritz ! — lui envoie une décharge, et le pauvre magot tombe, la cuisse cassée, du haut du mur, dans une sorte de fossé....

Le lendemain, on ne vit point Fritz à la caserne : le sergent, au désespoir, chercha de tous les côtés...

Rien !... On pensa qu'il avait eu peur des coups de fusil, de canon, — lui, un brave !... et qu'il avait pris la clef des champs.

— Jamais ! disait le sergent, jamais ! Fritz est un vrai brave... et il m'aime trop pour m'avoir quitté volontairement ! Il est arrivé un malheur...

Et le brave homme recommença ses recherches...

Mais le colonel Bonvalet, à la tête de quinze cents hommes, dont cinq cents mobiles, arrivait au secours de la petite garnison bloquée, et fit lever le siège aux

Fritz était un macaque magot.

Kabyles. Par un hasard inexplicable, on s'avisa de regarder par-dessus le mur dans le fossé, et l'on vit le malheureux Fritz étendu sur le sol, la jambe brisée, gémissant comme un enfant malade. Hélas ! sous ce climat brûlant, seul, sans secours, sans eau, la gangrène allait se mettre dans la plaie !...

On le rapporta, et chacun donna son avis. En pré-

sence des symptômes de la blessure, l'amputation
fut décrétée ; mais... point de chirurgien à la caserne,
pas même de médecin, pas même d'infirmier !... Ce
fut le boucher de la section qui opéra... Dieu sait
comme !... de son mieux. Mais tout le monde y mit du
sien, surtout Fritz, et tous les soldats, l'adoptant, se
mirent à le soigner comme leur enfant.

Or, le bachaga s'était retiré dans la Medjana, où
était son bordj et où il rallia tout son monde. C'est
alors que le général Saussier arriva pour prendre le
commandement de la colonne, grossie par le 8° de
marche. Il se lança aussitôt à la poursuite du bachaga
et, le 8 avril, s'empara du bordj de la Medjana. Notre
ami Fritz avait dû suivre la colonne. Il était encore
bien malade ; couché immobile dans son cacolet, il
avait son mulet à lui comme une personne naturelle !

Tout le monde l'aimait, il était si affectueux, si re-
connaissant des soins qu'on lui donnait ! Ses yeux
parlaient pour lui, il savait témoigner par ses petits
cris, par un grognement innomé, sa gratitude à
ceux qui, le pansant, le faisaient souffrir. Pauvre
Fritz ! il comprenait que c'était pour son bien.

Et les affaires se succédaient, meurtrières, achar-
nées, entre le bachaga, dont les rangs s'étaient désormais grossis des tribus insurgées de l'Oued-Sahel,
conduites par Si Aziz, fils du cheik El Haddâd. Ce
furent des allées et venues continuelles, des marches
et des contremarches de chaque jour, et cependant

le pauvre Fritz était toujours en traitement, car il faut plus d'un mois pour guérir une semblable plaie. Et personne ne l'eût abandonné pour un empire !

Plusieurs fois, la colonne du général Saussier dut suspendre sa marche victorieuse pour ravitailler Bordj-bou-Aréridj, qui était derrière elle, et purger les environs de Sétif des incursions des tribus insurgées.

Mais, pendant tout ce temps que la poudre parlait fort, les affaires ne s'arrangeaient pas et s'envenimaient, tandis que la plaie de notre ami suivait une marche contraire.

La colonne du général Cérez, venant d'Aumale, fut chargée par le général Lallemand d'opérer contre le bachaga, qui avait littéralement le diable au corps, et avait lancé toute sa famille à la guerre sainte. Alors, la colonne du général Saussier fut chargée de lutter spécialement contre le frère du bachaga, Bou-Mezrag, avec lequel elle eut des engagements très sérieux, entre autres le combat du 14 mai, contre la tribu des Amencha, en pleine Kabylie.

Ce fut alors que Fritz commença à recouvrer la liberté de ses mouvements. Hélas ! il avait laissé une jambe à la défense de Bordj-bou-Areridj ; mais, vers le mois de juin, il gagna un ami qui ne l'abandonna point. Ce fut un capitaine d'état-major, qui voulut bien me donner tout au long les états de service de son protégé.

Le malheureux amputé fit la campagne jusqu'au

bout avec son nouveau maître. La colonne Saussier continua d'opérer dans ces contrées contre Bou-Mezrag jusqu'au mois d'août, époque où le général de Lacroix partit de Constantine à la tête d'une colonne de trois ou quatre mille hommes, et, après avoir soumis toutes les tribus des environs de Milah, Djidjelli, Bougie, se rabattit sur Sétif, ce qui permit à la colonne Saussier de marcher sur le Hodna, où s'était réfugié Bou-Mezrag avec ses contingents.

Le 15 octobre, l'insurrection était vaincue sur toute la ligne ; le 1er novembre, la colonne était dissoute, et Fritz rendu à la vie civile. Son maître, le capitaine R..., l'avait, entre temps, associé à Mlle Jacqueline, et il les amena tous deux à Paris. Malheureusement, Paris n'est point un lieu de plaisance pour les magots ! Fritz se blessa le ventre avec sa ceinture, car on avait été obligé de mettre un terme à ses promenades, qui ne lui auraient point rapporté une balle dans l'autre jambe, mais auraient mis tout le quartier en révolution. Bref, on fut forcé, pour le guérir, de le mettre en liberté dans une écurie voisine de celle qu'occupaient les chevaux de son maître. C'était bien triste ! C'était la prison ! Puis l'écurie vint à être louée, et le capitaine se vit forcé de se séparer de son brave ami, et de le déposer au Jardin des plantes, où son planton venait le visiter.

Rien de plus touchant que les entrevues du troupier et du magot. C'étaient des embrassements et des caresses sans fin. L'homme en avait les larmes aux yeux... Et le pauvre singe, en le voyant s'éloigner, se lamentait à fendre l'âme. Il y a vraiment là, aux yeux du philosophe et du penseur, matière à ré- flexions profondes... Ces sentiments-là ne sont point d'ordre purement matériel ; on aura beau dire, s'ils ne sont pas humains, ils s'en approchent d'assez près !...

LES FLEURS

Tout a été dit sur les fleurs ; vous n'attendez pas que je vous ressasse les lieux communs dont, hélas ! elles ont été le prétexte. Cependant il est un point sur lequel il ne m'est pas défendu d'appeler votre attention. Certes, votre vieux Tobie n'est pas encore chargé d'autant d'années que Mathusalem, de légendaire mémoire, et cependant il a pu constater déjà depuis pas mal d'années l'extension énorme que prend l'amour des fleurs autour de lui.

Autrefois personne ne s'intéressait beaucoup à ces fleurs si variées, si charmantes par leurs nuances, dar leurs formes bizarres ou par leur parfum : dans les habitations de campagne, on laissait les jardiniers planter quelques plates-bandes de fleurs rustiques. Quand on avait fait pousser des balsamines, des reines-marguerites, des belles-de-nuit et quelques queues-de-renard, on avait épuisé le répertoire ordinaire. Seuls, quelques amateurs que l'on citait poussaient la manie, l'originalité, jusqu'à introduire quelques rares plantes des pays du Midi parmi les fleurs de leurs parterres.

En ce temps-là vinrent les dahlias, avec leurs innombrables variétés, qui changèrent toute l'économie des parterres, à cause de la place qu'ils exigeaient et de la dimension inusitée de leurs fleurs.

Aujourd'hui, tout cela est dépassé de cent coudées : aux simples fleurs d'autrefois ont succédé les combinaisons les plus savantes, les corbeilles les plus compliquées. Non seulement on assortit les fleurs dans des corbeilles à compartiments gracieux ; mais la recherche des plantes à feuillage coloré est poussée à ses dernières limites, et l'on combine des corbeilles, des bordures, du plus gracieux effet, avec des plantes qui fleurissent souvent si peu, si peu, que l'on ne s'en préoccupe en aucune façon.

Cet amour des fleurs n'a pas envahi les seules demeures de campagne : il n'est presque pas une fenêtre, un balcon dans Paris, — et Dieu sait si le nombre en est grand ! — qui ne soit devenu un parterre aérien où les fleurs les plus rares reçoivent des soins assidus. Le jardinage des fenêtres est désormais une science de maîtresse de maison, et surtout de jeune fille. Des savants n'ont pas dédaigné même d'apprendre à ces

charmantes jardinières comment on donne à manger
aux plantes, comment, au moyen de traitements com-
binés par la chimie, — qui s'en douterait ! — on parvient à leur donner non seulement une prolongation
d'existence, mais même à les faire pousser aussi
luxueusement que si elles étaient plantées au milieu
du parterre le mieux aménagé.

— Oncle Tobie, comment fait-on ? nous voulons
le savoir.

— Mesdemoiselles, je suis votre très humble ser-
viteur et je vous le dirai tout à l'heure ; en ce moment, je veux continuer mon énumération et vous
faire remarquer que l'invasion charmante de la fleur
dans nos familles ne s'est pas arrêtée au balcon et à
la fenêtre, elle est arrivée au salon, et, aujourd'hui,
fleurs et feuillages y ont leur droit de cité, leurs
grandes et petites entrées. On pourrait presque avouer
que l'abondance des végétaux dans le salon, la salle
à manger, le boudoir, et même l'escalier... pourquoi
ne pas le dire ? que leur recherche, leur arrangement,
leur rareté sont en raison directe de la distinction des
maîtres et surtout des maîtresses de la maison.

Voilà, mesdemoiselles, ce que je voulais vous dire.
Et je ne crois pas me tromper en attribuant l'extension de ce goût charmant aux grandes serres ou-
vertes aujourd'hui de tous côtés dans nos jardins d'acclimatation, et dont vous connaissez bien toutes
une des plus intéressantes, celle du bois de Boulogne.

Il y a quelque trente ans, — vous n'avez point connu cela, mes enfants, — une grande innovation fut tentée à Paris ; c'était la construction d'un jardin d'hiver aux Champs-Élysées. L'idée était charmante, cependant elle ne réussit pas ; le rapprochement des mondes différents d'une grande capitale était trop étroit dans un local nécessairement borné. Ceci ne fut pas moins le commencement du culte des fleurs auquel sacrifie tant désormais la ville de Paris, qui nous a habitués à une profusion et à un luxe de plantes que l'on ne retrouve que là.

Notez que le mouvement imprimé à Paris ne s'est pas arrêté. Il a gagné toute la province, il a envahi nos gares de chemin de fer. En ce moment, il n'y a si chétif hameau qui, autour de sa gare, n'ait ses dahlias et ses massifs. Bénissons ce mouvement, mes enfants, c'est un des meilleurs de la civilisation actuelle !

Quant à la belle et grande serre du Jardin d'acclimatation, elle n'a point été faite pour ce jardin : elle existait chez un M. Lemichez, au village de Villiers, où on allait la visiter et l'admirer sous le nom de *Palais des Fleurs.* On l'a encore embellie et augmentée au moment où elle fut transportée au bois de Boulogne, et elle fut inaugurée le 15 février 1861. Cette installation de la serre et de ses annexes n'avait point été comprise tout d'abord — ce qui est assez singulier — dans le plan et l'aménagement du jardin :

c'en devait être cependant le complément bien essentiel. Acclimater des animaux sans penser à acclimater des végétaux, c'était laisser de côté la moitié au moins de la tâche. Ce fait prouve combien, il y a seulement quinze ans encore, le culte des fleurs était moindre que maintenant. Aujourd'hui, on n'oublierait plus la serre.

Quoi qu'il en soit, une souscription particulière s'organisa, et c'est à elle qu'on doit cet embellissement destiné à conserver aux yeux le plaisir des fleurs et de la végétation, alors que tous les jardins en sont dépouillés : et effectivement, au mois de janvier et de février, la floraison des camélias en espalier tout le long des murs fait de cette promenade chauffée un des points les plus intéressants du jardin.

L'intérieur, dessiné en massifs gracieux contournés par des allées, arrosé par une rivière aux nombreux méandres, renferme des plantes de premier mérite. Une cascade orne l'une des extrémités de la serre : un salon de lecture, une bibliothèque, y sont joints.

C'est dans les massifs que l'on rentre l'hiver les magnifiques araucarias du jardin. Malheureusement, il faut presque chaque année les rabattre, sans cela ils enlèveraient le toit de verre qui les abrite. Auprès d'eux, nous indiquerons aux touristes des chamœrops, des lataniers aux splendides feuilles en éventail, des yuccas rares, des sabals, charmants palmiers de la Caroline et de la Virginie, d'énormes touffes de *Phor-*

Intérieur de la grande serre du Jardin d'acclimatation.

nium tenax ou lin vivace de la Nouvelle-Zélande, si commun dans la Nouvelle-Galles du Sud. Ces plantes étalent leurs longues feuilles au bord de l'eau, dans laquelle s'élèvent avec leur gracieux et léger feuillage les ozalées de Chine dont nous parlions dernièrement à propos du *papier de riz,* sur lequel les Chinois peignent si bien. Vous le rappelez-vous ?

— Très bien ! ce sont là ces sortes de roseaux ou de joncs dont on découpe la moelle ?

— Oui, mes enfants. Cette belle plante a pour patrie l'île de Formose : c'est vous expliquer du même coup pourquoi elle a besoin, chez nous, d'un abri d'hiver. C'est une frileuse des pays du soleil ! Dans son île, elle atteint trois à quatre mètres d'élévation : chez nous, malgré tous les soins, elle en est loin. Mais elle nous donne ses larges feuilles dentelées qui rappellent celles du ricin et qui en font une belle plante d'ornement.

Quant au papier qu'on en tire, vous comprenez quelle habileté il faut avoir pour découper avec un grand et large couteau la moelle en feuilles minces et surtout d'une égale épaisseur partout. C'était, du reste, absolument de la même manière que les anciens Égyptiens fabriquaient leurs feuilles de papyrus.

Le papyrus pousse dans les mêmes eaux, au jardin, que les azaléas : il pousse toujours très nombreux en Égypte et dans le fleuve Anapus, près de Syracuse, mais il est désormais sans emploi : le papier l'a

tué !... Si jamais le papier meurt, souvenons-nous
que le papyrus peut vivre en plein air dans notre Pro-
vence !... et qu'il forme de très gracieux massifs dans
nos jardins publics.

Quelles plantes vous citerai-je encore au hasard de
notre promenade? Vous y trouverez de .superbes
caoutchoucs, des .eucalyptus aux feuilles blanchis-
santes et que l'on rentre là pour les sauver de nos
gelées d'hiver auxquelles, sous le climat de Paris, ils
ne résistent que difficilement : peut-être parce que nous
n'avons pas le temps, malgré leur croissance phéno-
ménalement rapide, de les voir arriver à l'état d'arbre, c'est-à-dire avec un bois suffisamment sec et dur.
Nous ne les avons jamais qu'à l'état d'arbrisseau. En
Algérie, au contraire, dans le midi de la France, même
à quelques expositions privilégiées, cet arbre est de
toute beauté et de première grandeur.

Ce sera, pour l'Algérie, une des plus belles con-
quêtes qu'elle puisse faire. Les essais sont tout à fait
contemporains : car ce fut en 1856 et 1860 que M. Ra-
mel et M. le docteur Mualle, de Melbourne, joignirent
leurs efforts pour introduire des graines de l'arbre
précieux en Algérie, et, *trois ans* après seulement, les
plants obtenus au jardin du Hamma, près d'Alger,
avaient *neuf à dix mètres de hauteur!* En trois ans!...
La végétation des eucalyptus est d'une telle rapidité
que M. Hardy les a vus croître de *six mètres* en une
saison ! Nous n'avons aucune espèce d'idée de crois-

sances semblables. En Australie, il n'est pas rare qu'un eucalyptus de dix ans présente le développement d'un chêne de cent ans, et que ce même eucalyptus de cinquante ans d'âge ait cinquante à soixante mètres de hauteur sur quinze à vingt de circonférence à la base.

Que l'on n'oublie pas que le bois de cet arbre qui pousse, pour ainsi dire, à vue d'œil, est un bois dur de première qualité. Lorsqu'on aura repeuplé en eucalyptus tous les terrains incultes de notre belle colonie africaine, ce sera un des pays riches du monde. Aussi, depuis ces dernières années, les eucalyptus y sont plantés par centaines de mille! Dans la serre comme dans nos jardins, ce sont de beaux arbrisseaux à feuilles vert d'eau, couvertes d'un enduit cireux blanc, semblable à celui des prunes, et s'attachant comme lui aux doigts, mais possédant une odeur aromatique agréable et analogue à celle du camphre. C'est à cette odeur et au corps volatil qu'il sécrète et qu'il produit que l'eucalyptus doit de chasser les fièvres et d'être un *assainisseur* de premier ordre dans les terrains marécageux où il se plaît.

Quant à son port, l'eucalyptus est un vrai fils de la terre de Tasman! On a dit que là-bas tous les arbres portaient leurs feuilles sur la tranche et non sur le plat comme nos arbres indigènes. Il y a bien dans cette curieuse remarque une forte dose de vérité. L'eucalyptus porte, en effet, ses belles feuilles sur la tranche et ne produit, par conséquent, presque point d'ombre; tous les autres *gommiers* du pays, car on leur donne ce nom, — et ils sont nombreux! — ont un feuillage semblable, et nous avons surtout à y joindre des acacias dont les feuilles sont minuscules et linéaires. Qu'on ne s'étonne point après cela si, dans les forêts australiennes, il fait clair comme chez nous en plein champ...

Mais nous nous garderons bien de passer en revue les plantes remarquables qui emplissent notre serre; nous n'avons fait une exception partielle en faveur de l'eucalyptus qu'à cause des efforts qu'on fait en ce moment pour le multiplier partout autant qu'il le mérite, efforts qui seront suivis d'une introduction complète en Algérie et deviendront un des plus beaux titres de gloire de l'infatigable Société d'acclimatation.

A propos de serre, nous ne voulons pas manquer une occasion de nous joindre à E. About, pour déplorer la manière dont on massacre, dans nos jardins de Paris, certains arbres, cependant si beaux : les orangers dont on fait des boules régulières et tondues comme des caniches. On gagne ainsi de la place pour les rentrer chaque hiver, les uns sur les autres, dans des orangeries toujours trop petites, me direz-vous? Soit. Et vous pourriez ajouter : Cela coûte beaucoup d'argent, rien que pour voiturer au printemps et à l'automne les énormes caisses, — toujours trop petites, — qui enserrent ces malheureux végétaux. Soit!

Mais ne serait-il pas possible et même facile, au lieu de planter ces caisses en rang d'oignons le long des allées, de rendre la liberté à nos splendides orangers? Supposons que nous les réunissions en massifs en deux ou trois endroits du jardin ; supposons qu'au lieu de les tondre affreusement, comme des bêtes galeuses, on leur laisse prendre leurs ébats à leur guise et devenir des arbres, portant leur physionomie particulière comme les chênes, les ormes ou les châtaigniers qui sont à côté ; est-ce que vous croyez que cela ne serait pas plus beau? Voyez-vous d'ici ces pauvres centenaires en pleine terre, reprenant vigueur et allégresse, — car l'oranger est presque immortel, — se couvrant à la fois, comme dans leur patrie, de fleurs, de fruits verts et de pommes d'or?... Quel embaumement pour nos promenades!

Mais la neige! mais la gelée!

Eh bien! quoi de plus simple? A l'automne, les ouvriers tirent des hangars sous lesquels ils ont réunis les morceaux démontés des serres construites dans ce but. On les remet en place, quelque grandes qu'elles soient. En voilà pour jusqu'au printemps. Il ne nous semble pas plus difficile, il ne sera certes pas plus coûteux de transporter la serre qui n'est qu'une enveloppe, que de transporter tout le poids mort que représentent les végétaux qui l'emplissent. Et d'ailleurs, quand il en serait ainsi! Ce que nous gagnerons en splendeur peut bien se payer comme tout progrès en ce monde.

— Oncle Tobie, je demande à me promener sous vos orangers en fleur !

— Vous vous y promènerez quelque jour, Mademoiselle, parce que les idées justes font toujours leur chemin.

— En attendant, je serai bien heureuse d'entendre certaine recette que vous nous avez promise tout à l'heure...

— Je m'exécute... Chose promise, chose due !

Vous vous faites faire, soit chez le pharmacien, soit chez le droguiste ou l'épicier, le mélange suivant dans un sac :

Azotate d'ammoniaque.	400	grammes.
Biphosphate d'ammoniaque . . .	200	—
Azotate de potasse (salpêtre). . .	250	—
Chlorhydrate d'ammoniaque (sel ammoniac).	50	—
Sulfate de chaux (plâtre). . . .	60	—
Sulfate de fer (couperose verte). .	40	—
Total.	1,000 g. ou 1 k.	

Toutes ces substances-là sont communes et à bon marché : la dépense est insignifiante, et peut s'élever à deux ou trois francs.

Telle est la nourriture condensée des pauvres plantes en captivité : il nous faut maintenant apprendre à faire leur cuisine et à leur servir un repas sain, abondant, mais qui n'aille pas jusqu'à l'indigestion ;

rien n'est plus dangereux pour elles. Dans un litre d'eau ordinaire, faites fondre *un gramme* de ces sels bien mélangés : puis rappelez-vous que chaque plante aura assez mangé quand elle aura reçu *cinquante grammes de votre liquide par semaine,* ce qui fait que votre litre suffira pour vingt pots de fleurs pendant ce même temps.

Si vous faites le calcul de ce que vous coûteront vos pensionnaires, Mesdemoiselles, vous trouverez que chacun d'eux aura mangé de trois à quatre grammes de sel par an, ce qui ne représente pas *un centime !* A ce prix, on peut en nourrir beaucoup. Je ne prétends pas dire que vous ne pourrez pas augmenter un peu la ration quotidienne que nous indiquons ; mais il faut le faire avec beaucoup de précaution et ne pas dépasser quatre à cinq grammes par litre d'eau, et encore, surveillez attentivement le feuillage. S'il devenait jaune, s'abstenir et n'employer pendant quelques jours que l'eau pure.

Cette curieuse manière de faire manger les plantes produit ce singulier résultat, mes enfants, que la terre que vous employez ne sert absolument que de support aux racines et que, par conséquent, vous pouvez la remplacer par ce qui vous conviendra, du sablon, de la brique ou de la pierre pilée, du verre en poudre, ce que vous trouverez bon ou joli. Cela fait encore que vous pouvez planter vos fleurs là où vous voudrez, pourvu que vous leur donniez régulibrement à manger et que tout soit absorbé, parce que, si vous laissez du liquide séjourner au fond du vase, il pourra produire la pourriture et tuer la plante.

Vous voyez à combien de transformations, à quels caprices vous pouvez désormais vous livrer et soumettre vos plantes, Mesdemoiselles. C'est affaire d'imagination et d'adresse. Un mot encore. Vos plantes poussent merveilleusement, mais ne vous attendez pas à récolter des graines.

— Ah !

— La nature réserve toujours ses moyens. Nous ne saurions la remplacer, mes enfants. Maintenant, si vous aimez les légumes au lieu des fleurs, rappelez-vous que mon traitement leur fait prendre des développements phénoménaux. Essayez-en ! Surtout pour les artichauts et les crucifères diverses que nous mangeons chaque jour.

— Et c'est tout ?

— Oui, c'est tout... Et vous semblez ne pas croire que ce soit assez?.. Réfléchissez quelque peu, mes enfants, et vous verrez que, sous cette méthode si simple, apparaît un asservissement complet et raisonné de la force, de la vie végétale, au génie de l'homme, — ce qui n'avait pas eu lieu encore, et ce que la chimie a enfin réalisé !

L'AGOUTI ET LE MARA

Quand on pense que jusqu'à présent tout un ordre
de mammifères, celui des rongeurs, n'a fourni à la domestication que deux espèces : le lapin et le cobaye,
ou cochon d'Inde, on reste confondu devant la négli-
gence et l'imprévoyance humaines. Il n'est pas possible que ce soit là le dernier mot du perfectionne-
ment à attendre. Sans doute les rongeurs en général
sont voraces et consomment beaucoup de nourriture;
le proverbe vulgaire ne dit-il pas que six lapins consomment autant qu'une vache?

Qu'est-ce que cela prouve au demeurant? Que les
lapins ne doivent pas consommer le fourrage dont
une vache peut faire son profit, voilà tout. Mais cela
ne prouve rien contre cette vérité que le lapin — de
même que beaucoup d'autres rongeurs — peut con-

sommer, en raison de son *omnivorité*, beaucoup de substances dont la vache ne s'accommoderait point du tout et qui, assimilées par lui, transformées ainsi en chair comestible et de bonne qualité, profiteront plus à l'homme que si elles étaient directement passées dans le fumier.

Les anciens, les Romains surtout, avaient domestiqué un rongeur de plus que nous, le loir, et en faisaient un très grand commerce, le servant sur les meilleures tables comme un mets très délicat. Pourquoi n'avons-nous pas continué? Sans doute parce que cet animal n'avait pas une taille assez considérable. Peut-être aussi par suite d'idées plus ou moins bizarres des peuples grossiers qui ont rempli le moyen âge.

Je dois avouer que l'idée ne m'est pas venue, alors que je le pouvais, de manger les loirs gras qu'il m'arrivait de tuer autour des bois et des jardins ; mais je ne doute aucunement de la finesse et du goût agréable de leur chair. J'ai trop de fois mangé de l'écureuil, très proche parent du loir, pour douter de la valeur de ce dernier. Or, quoique l'on dédaigne souvent la chair de l'écureuil, quoiqu'un dégoût non justifiable empêche certaines personnes de vouloir la goûter, elle vaut celle du lapin de garenne, avec le fumet plus marqué que celle du lièvre : elle est blanche, tendre et grasse. Que veut-on de plus? Que les membres soient aussi gros que ceux du mouton?

Ceci est affaire de civilisation, et, pour notre part, nous ne nous opposons point à ce que les amateurs de sélection s'occupent d'améliorer et de perfectionner la taille de l'écureuil jusqu'à l'amener à celle du mouton... Ils auront accompli une bonne œuvre, dont l'humanité leur tiendra compte en reconnaissance, si elle en a le temps.

Quoi qu'il en soit, il me semble impossible d'admettre que parmi l'énorme quantité de rongeurs, grands et petits, qui peuplent le monde et qui sont non seulement nombreux en espèces sur tous les continents, mais surtout nombreux en individus, on n'applique pas, d'ici peu, d'autres espèces à l'alimentation de l'homme. Parmi les autres parties du monde, l'Amérique est surtout riche en rongeurs; c'est donc là qu'il y aurait à faire un choix.

En France, nous n'avons qu'une vingtaine, à peine, de rongeurs, et encore il ne faut compter que pour mémoire les castors, la marmotte et l'écureuil des Alpes. L'Europe en renferme, en tout, une centaine d'espèces; il est certain que l'Amérique en a trois ou quatre fois autant. C'est, d'ailleurs, à cette partie du monde que l'on a demandé déjà les cobayes : pourquoi ne lui emprunterait-on pas les *cabiais*, ces gros rongeurs, les éléphants de l'ordre, arrivant presqu'à la taille du cochon; les *pancas*, à la chair délicate; les *agoutis*, dont nous allons dire quelques mots tout à l'heure, et le *mara*, ce grand lièvre des pampas qui offre une chasse si pittoresque ?

Peut-être n'oserions-nous pas, dans un pays à peu près complètement cultivé comme notre vieille Europe occidentale, introduire de gros rongeurs aquatiques, quand même leur fourrure serait aussi recherchée que celle des castors autrefois, les *ondatras* et quelques autres.

La question fondamentale qui, pour les premiers comme pour les seconds, dominera tous les efforts de l'acclimatation, c'est celle de la nourriture. Sans doute il est permis de faire, chez soi, tous les essais qui vous passeront par la tête ; mais élever des animaux dans un parc n'est point les élever en liberté dans une région. Or, dès que les voisins auront à se plaindre des nouveaux acclimatés, — et le paysan ne badine pas sur ce point, — les pauvres bêtes verront beau jeu ! Tout le pays leur courra sus, les uns par ignorance, les autres par jalousie. La destruction des essais suivra rapidement et infailliblement.

C'est ainsi que nous acclimatons en France !

Et que l'on ne m'accuse pas d'exagération, parce que je citerais des exemples : ils prouveraient une fois de plus que, sous ce rapport, nous sommes plus vandales que les anciens Vandales, fléau de Dieu ! Il n'est pas un chasseur — celui-là même qui devrait protéger — qui, se trouvant en face d'une compagnie

à moitié sauvage de nouveaux acclimatés, ne la tue
jusqu'au dernier pour se faire la main.

N'est-il donc pas temps de réagir, au moins vis-
à-vis des personnes civilisées, contre ces tendances
irréfléchies ?

On pourrait craindre, dans les efforts que l'on ferait
pour acclimater les rongeurs américains, que la différence de climat n'eût une influence dangereuse.
Or cette influence n'a pas l'air aussi capitale qu'on
le supposerait pour les rongeurs. Le cochon d'Inde en
est un exemple frappant. Originaire du Brésil et des
Guyanes, — de même que l'agouti, dont je parlerai
tout à l'heure, — il vit chez nous sans la moindre difficulté : il y pullule au point que, si on le laissait
faire, en peu de temps il affamerait la terre

Tout fait penser que les autres rongeurs de la
même région ou des régions voisines s'acclimateront
aussi aisément.

L'agouti, qu'il faut mettre au premier rang, est
donc un fort joli animal, de l'ordre des rongeurs,
tenant à la fois du lapin par la forme et de l'écureuil
par les mœurs. Il a d'ailleurs les mouvements brus-
ques, saccadés, toujours indécis, des rongeurs en
général et des léporides en particulier ; mais il possède, en outre, les manies de l'écureuil et du loir,
sans être grimpeur, mais bien coureur et coureur
rapide. Il a le goût très prononcé des approvisionne-
ments : au lieu de manger ce qu'il trouve et ce qu'on

lui donne, il l'enfouit d'abord, puis vient le retrouver à loisir ensuite.

Friands des glands et autres fruits des arbres fruitiers, dès qu'ils en trouvent, les agoutis font avec leurs pattes un petit trou en terre pour les recevoir, puis tassent le sol par-dessus avec des mouvements pleins d'adresse et de grâce. Ne craignez pas qu'ils oublient cette cachette ! Ils y reviendront tout droit dès que le besoin s'en fera sentir.

La marche de cet animal est originale : quand il bondit, c'est un lièvre qui détale ; mais lorsque rien ne le presse, il prend le trot absolument comme un chien qui suit son maître. Il boit en lapant franchement : ce que ne fait ni le lièvre ni le lapin

Effrayé, il hérisse les poils jaune orange qui recouvrent ses parties postérieures, et court ainsi d'un air effaré. Son pelage est brun, finement moucheté de verdâtre. Ses oreilles, courtes, rondes, dressées, sont nues et transparentes, roses du sang que l'on voit à travers leur fin tissu. Les pattes de l'agouti sont celles du lièvre, mais plus fines de beaucoup et plus droites. Sa queue, raide et nue, est rudimentaire.

Les agoutis que possède, en assez nombreuses troupes, le Jardin d'acclimatation du bois de Boulogne, viennent des Antilles et du Mexique. Ces animaux représentent dans l'Amérique du Sud nos lièvres, tant par la qualité de leur chair que par leurs allures. Ils vivent au milieu des bois, et ne creusent pas de terrier : ils établissent leur demeure dans les trous des rochers et dans le pied des arbres creux.

On a remarqué que l'agouti — ainsi que tous les rongeurs — était volontiers polyphage, et que, non content de se nourrir d'écorces et de fruits, il mangeait aussi du poisson et même de la viande. Les rats et même les lapins de notre pays ne font pas autrement. Le poil des agoutis est malheureusement peu solide et cassant, ce qui explique pourquoi on ne peut faire aucun usage de sa bizarre fourrure. Il offre, sous ce rapport, une véritable infériorité vis-à-vis de nos lièvres et lapins, dont la fourrure est très recherchée.

Ne pas manier sans précautions ces animaux, qui, rageurs par excellence, grognent, crient et mordent de bon cœur !

Le mara ou lièvre des pampas est un voisin et un cousin de l'agouti ; mais ici le moule lièvre reprend un peu le dessus. La tête du mara est parfaitement celle d'un gros lièvre ; l'œil est semblable, mais plus noir ; quant aux oreilles, ce ne sont plus celles d'un lièvre, mais bien celles un peu tire-bouchonnées, tout en restant raides, du chien carlin avant qu'on les lui ait coupées.

Les savants en *us*, qui ne peuvent pas laisser aux pauvres animaux du bon Dieu un nom qui ait le sens commun ou qui soit celui sous lequel les naturels du pays ont baptisé l'animal qu'on leur apporte, les dits savants ont affublé le mara du sobriquet de dolichotis ! et de cette affaire-là il est devenu le *Dolichotis Patagonica.*

Ah ! pardon, mes amis, je dois vous faire observer que le nom charmant de dolichotis n'a été que le second imposé au mara ; le premier qui connut le pauvre animal, qui n'en pouvait mais, lui imposa un nom beaucoup plus beau, celui de : *Dasyprocta Patagonica.* Est-ce complet cette fois ?

Maintenant je me dois à moi-même de vous expliquer ce que ce jargon patagonais a la prétention de signifier. *Dolichotis* vient de *dolichos,* long, et *ôtos* (nominatif, *ous*), oreille, qui a les oreilles longues, ce qui devrait s'appliquer beaucoup mieux au lièvre qu'au mara ; mais sans doute les savants en *us* n'ont pas encore osé forcer nos chasseurs à dire aux employés de l'octroi :

— Monsieur, je déclare quatre *Dolichotis Auverpiniana,* et je supplie le brigadier, ici présent, de ne pas m'envoyer au poste pour outrage à l'autorité constituée !

Quant à *Dasy procta,* cette épithète, imposée à la bête par les savants en *us,* indique seulement qu'elle a le train de derrière velu, ce qui, — par parenthèse, — ne la distingue en rien des lièvres normands ou angevins.

Bien plus que chez l'agouti, le pelage du mara

rappelle celui des habitants de nos guérets, quoique
le lièvre de Patagonie soit beaucoup plus brun que
celui de nos plaines. Le poil, chez lui, est bien celui
d'un lièvre, mais plus dru, plus raide et plus foncé,
coupé en brosse, non pas comme celui du chevreuil,
mais tenant bien. Aussi la peau des maras sert-elle
aux Indiens pour faire des tapis.

Cet animal est de la taille d'un petit bull-dog, par
conséquent gros deux fois comme un lièvre. Son pelage est gris plus ou moins foncé, mais passant au
noir à moitié des cuisses en arrière, où il se sépare
tout à coup en blanc, qui couvre tout le ventre. Les
flancs et le cou sont jaunes, couleur de lièvre. En un
mot, avec son dessous blanc et son dessus brun, le
mara ressemble beaucoup, sauf la tête plus lourde,
à une levrette qui a revêtu son paletot d'hiver.

Le corps assez massif du mara est monté sur des
jambes d'une excessive finesse, quatre fuseaux si
minces que la patte de devant — celle d'un lapin —
doit ouvrir ses doigts pour ne point enfoncer dans
le sol. Ainsi monté sur ces fines échasses, le lièvre
des pampas fait des bonds effrayants et part comme
un éclair, mais il ne peut courir longtemps ; la dis-
proportion est trop grande entre la faiblesse de ses
jambes et le poids de son corps. Aussi les chasseurs du
pays, qui le poursuivent à cheval, le prennent-ils facilement au lazo.

Dans leur pays, ces curieux rongeurs vivent par

paires et courent de concert quand on les poursuit : une fois pris, ils possèdent, comme nos lièvres, une voix aiguë mais beaucoup plus forte, qu'ils font entendre particulièrement au moment de leur mort ou pendant leurs combats entre mâles. Destinés providentiellement à la domestication, les maras deviendront chez nous ce que sont devenus les lapins, peut-être même davantage : car, dans leur pays, les habitants les prennent jeunes et les apprivoisent si aisément qu'ils les laissent errer en liberté, sans clôture, autour des maisons, et qu'ils n'essayent jamais de s'échapper. Cependant la liberté est là.

Assis sur ses jambes de derrière recourbées sous lui, l'air songeur, les oreilles droites, son grand œil noir au guet, le mara est un très curieux animal, et deviendra un superbe coup de fusil pour nos petits-neveux !

LA MOUCHE EN MER

La pêche à la mouche — « le plaisir des dieux », selon nos voisins de l'autre côté du détroit, et selon votre oncle Tobie — commence à être assez connue et assez pratiquée en France. Mais, certes, vous ne savez pas que la mer offre autant de captures que l'eau douce au pêcheur à la grande volée.

Quand je dis la mer, entendons-nous! je parle des côtes, et surtout des embouchures de nos fleuves, de nos rivières et même de nos ruisseaux qui se jettent dans l'eau salée, — surtout des derniers et avant-derniers.

Le seul point délicat, la vraie préoccupation qu'il faut avoir, c'est de trouver l'endroit propice. Ceci est affaire de jugement et de patience. J'avoue que je n'ai pas essayé en pleine mer, même dans un port

avec une embarcation à l'ancre ou du haut d'un na-
vire... mais je n'ai point de doute que l'on ne réussît
la plupart du temps.

Je me suis contenté de pêcher du rivage.

C'est dire qu'il ne faut point choisir une plage basse
où l'eau peu profonde vient mourir sur le sable qu'elle
ourle d'écume... Il est à peu près indispensable de se
placer sur un rocher, sur une digue, sur un point
élevé quelconque, qui permettra de dominer un endroit de grand fond, et même quand l'eau en serait
claire comme celle d'une fontaine, on réussira.

Certes, il est agréable de prendre des truites dans
une rivière; mais, en définitive, ce sont toujours des
truites; on sait d'avance que l'on ne prendra que des
truites... et toujours des truites!... En mer, au contraire, on ne sait jamais quelle capture on peut faire,
tant est grande l'incertitude de ce qui peut venir.
C'est précisément cet imprévu qui double le plaisir
des captures, sans même compter l'autre imprévu de
défenses différentes, selon chacune des espèces. Mais,
en fait de pêche, tout ce que l'on peut dire ne vaut pas
une courte anecdote qui met en scène non seulement
les acteurs, mais encore le paysage qui les entoure.

Il y a deux ou trois ans, un matin, vers les six
heures, je pris ma canne et descendis en flânant
vers un endroit de la rivière qu'on appelle la *digue*.
C'est une sorte de chaîne de rochers qui, placée
comme un brise-lames grossier, barre presque en-

tièrement l'embouchure de la V..... Au dehors, c'est
l'eau saumâtre : le flux et le reflux couvrent la plus
grande partie de la digue d'une végétation marine
aux formes élégantes, aux couleurs variées.

Une fois sur les rochers, l'idée me vint de monter

Le mulet.

ma ligne et d'essayer de pêcher vers la mer, comme
je l'aurais fait si j'avais suivi le rivage de la V.....,
en remontant vers l'eau douce. Me voilà donc en train
de fouetter l'eau dormante qui mouillait la digue. Aux
premiers moments de mon essai, je n'eus que des ré-
sultats fort modestes ; cependant, une heure après,
j'avais dans mon panier une bonne demi-douzaine

d'orphies qui s'étaient très gentiment fait enlever de cette eau morte. Cela ne me satisfaisait pas encore, et déjà je pensais à démonter mon attirail, quand, tout à coup, un éclair rapide, une lueur fulgurante éclata autour de mes mouches ; au moment même une forte tension me prouva que j'avais pris un poisson respectable... Quel pouvait-il être ? Impossible en ce moment à moi de le savoir.

Cependant l'eau était partout aussi claire, aussi pure que du cristal, quoiqu'elle fût assez profonde pour mettre à flot une frégate ; on distinguait parfaitement au fond la pointe des nombreux rochers qui déchiraient le vert tapis du sol. Malgré toute mon expérience, je me sentais complètement incapable de décider quelle sorte de poisson pendait au bout de ma ligne... C'était quelque chose qui paraissait assez brillant ; mais, quand je le regardais se débattre dans les profondeurs de l'eau, je n'y reconnaissais qu'un méli-mélo de formes et de couleurs incompréhensibles.

Enfin, je parvins à remonter doucement et avec précaution cette chose à terre et, à mon complet ébahissement, cela se trouva être trois poissons d'espèces absolument différentes... C'était à n'y rien comprendre : chacun d'eux avait saisi une des trois mouches attachées sur mon avancée, et tous les trois s'étaient emmêlés, se défendant ensemble.

Il y avait là une belle orphie argentée, une jeune

morue rouge et un petit *saumon à cloche* d'à peu près
un demi-kilogramme.

Je suis forcé d'avouer que la perspective de captures
semblables me semble beaucoup ajouter au plaisir
ordinaire que présente la pêche en eau douce. C'est

Le pilono.

bien le cas de dire : ici on ne peut jamais savoir ce
qui viendra à vous ! Cela peut être un monstrueux
poisson, qui courbe votre scion d'une façon inquié-
tante, qui déroule avec fureur votre bonne ligne huilée
tout entière, et qui, enfin, s'en va tranquillement,
emportant cette avancée de flouerie choisie par vous
avec un soin jaloux et qui vous semblait si sûre quel-

ques instants avant le combat. Tantôt ce sera un petit poisson, pas plus gros que le pouce, qui vous fera sentir, si vous n'y prenez garde, qu'il a un aiguillon... et qu'il sait s'en servir !... Cependant, la plupart du temps, ce sont des orphies, des officiers ou des saumons de roche qui viendront à votre appât. Toutefois, en été, dès que le soleil brille et que le temps est doux, ce sera presque toujours le mulet qui viendra à votre mouche artificielle, et pour lequel vous pouvez employer toutes les ruses les plus savantes, vos montures les plus fines, celles que vous réservez pour les truites les plus futées... le mulet est plus malin qu'elles...

Le moment le plus favorable pour bien prendre le mulet, — soit le *gris,* soit le *chelo,* — est surtout quand la marée monte ; lorsqu'elle baisse, il s'éloigne des côtes et retourne en haute mer. Ne pas oublier que ce poisson est très fort à la défense et demande beaucoup de ménagements, parce qu'il s'agite avec une extrême violence.

Après le mulet, n'oublions pas le pilono, — l'un des plus gracieux et des plus jolis poissons de la mer. Le pilono est surtout un habitant des ports et des rades ; il aime les endroits où les rochers sont nombreux. En Bretagne, vous le trouvez partout, et partout aussi disposé à mordre en un endroit qu'en un autre. Pour le prendre, je gagnais, dans la baie de Brest, le côté du Goulet, en remontant du côté de la

Ninon, puis, une fois atteint le courant énorme de la
mer montante et de l'eau se précipitant de la haute
mer par cet étroit chenal, je me laissais dériver sous
l'impulsion du courant, lançant ma mouche à droite
et à gauche. Toutes les fois que je rencontrais un banc
de pilonos, — car ils vont par troupes, mais ne sé-
journent pas longtemps au même endroit, — la ré-
colte était très amusante pendant quelques minutes.
A peine avais-je le temps de les décrocher !

Mais la meilleure et la plus originale proie du pêcheur à la mouche en mer, c'est l'orphie. Figurez-
vous une sorte d'anguille dont la tête serait terminée par deux longues mâchoires dentelées, figurant
comme un bec de bécasse, et la queue par une na-
geoire fourchue comme celle du maquereau. En
somme, la peau lisse et brillante rappelle les couleurs
de celui-ci ; la chair est la même, un peu plus sèche,
mais présentant le même goût. Les arêtes et les os
sont verts, avant comme après la cuisson. Cette couleur, qui ne provient ni du cuivre ni de quelque cir-
constance extérieure que ce soit, est naturelle à l'espèce et n'offre ni goût particulier ni danger.

Ce qu'il y a de vraiment curieux aux yeux de l'observateur, c'est que l'orphie, ainsi constituée, soit
absolument un poisson de surface. Douée d'une
marche au moins aussi rapide que celle du maquereau, avec lequel elle se tient volontiers, elle semble
occuper le haut de la mer dans laquelle navigue

la bande. Si j'avais à ranger les espèces qui marchent de concert au printemps dans les eaux de nos côtes, espèces que j'y ai poursuivies tant de fois avec bonheur, je placerais tout à fait à la surface l'orphie, un peu au-dessous la feinte, une alose à taches noires sur les flancs, et au-dessous le maquereau.

Lorsqu'on n'a pas d'endroit élevé d'où l'on puisse jeter la mouche pour l'orphie, on est toujours sûr d'en prendre en laissant traîner à l'arrière d'un bateau une longue ligne de crin tordu, sans la charger d'aucun plomb, et l'amorçant d'un petit poisson, d'une tête de sardine, d'un ver de vase ou d'une mouche quelconque. Plus le bateau ira vite, plus l'appât sautillera à la surface de l'eau, plus tôt l'orphie sera prise. Elle s'élancera comme une flèche et s'accrochera, sans précaution, avec une force inconcevable. On voit que les sauts fréquents de cette espèce à la surface de la mer ont pour but une chasse aux insectes et probablement à tout ce qui vole près de la surface ; mais, véritablement, on aura toujours quelque peine à comprendre qu'elle puisse jamais en prendre un au vol avec la forme de ses mâchoires. C'est comme si vous vouliez couper au vol un cousin en deux avec une longue paire de ciseaux.

Dès que l'orphie a saisi l'hameçon, elle saute à la surface, souvent avant que le pêcheur ait senti l'attaque, tant celle-ci est subite ; puis, là, avec son

corps argenté à demi hors de l'eau, elle se contourne
dans les mouvements les plus violents pour arracher
l'hameçon de ses mâchoires. Au moment où on la
prend, elle émet une odeur très forte et remarquable.
« C'est une marche de fantôme, » dit le docteur
Bals, en parlant de sa manière de sauter. Elle jaillit
comme un trait et retombe en arrière sur sa queue.
Elle saisira un fétu de paille qui flotte, suivant la
marée, passant dessus vingt fois en une minute pour
se jouer sans effort.

Près des îles Ioniennes, je me souviens d'en avoir
vu prendre de grandes quantités par les gamins, et
au moyen d'une petite machine parfaitement adaptée
aux mœurs singulières de ces poissons, machine qui
n'a pu être inventée que par un profond observateur.
Voici, au surplus, cette méthode, qui peut être em-
ployée avec avantage en beaucoup d'autres endroits.
Les gamins de la cité construisaient un petit radeau
triangulaire avec trois morceaux de sureau de 50 cen-
timètres de longueur. Ils y installaient un petit banc,
soutenant un mât en mi-mâture, gréé de ses haubans
et de sa voile latine, absolument comme les embar-
cations du pays. Le pêcheur se plaçait alors sur une
roche avancée, avec une eau profonde au pied ; ce
n'est pas rare sur la côte ; puis, quand la brise pous-
sait au large, il confiait son petit radeau aux vagues,
le munissant d'une ligne de 40 à 50 brasses. A chaque
brasse était attachée une flotte d'où pendait une fine

avancée de crin, avec un hameçon amorcé de cre-
vette ou de poisson coupé.

Au premier moment où l'orphie se pique, elle entraîne le radeau avec une violence extrême, mais,
bientôt, elle semble se résigner à son sort. Les pê-
cheurs attendent qu'une dizaine et plus soient piquées
avant de retirer leurs radeaux ; ils enlèvent alors les
prises et recommencent à nouveau une autre campagne. On prend quelquefois ainsi de 50 à 60 orphies
dans une demi-heure, aux environs de Corfou !

Sur nos côtes de France, les orphies sont moins
nombreuses ; en Bretagne, elles le sont plus qu'en
Normandie ; dans ce dernier pays, nous prenions 4 ou
5 orphies par matinée de pêche, qui nous rendait
15 à 20 maquereaux à la ligne. En Bretagne, même
pendant les chaleurs de l'été, on en prenait plus du
double autour des rochers où elles chassent toute la
journée.

LES OISEAUX DE L'INDE

AU JARDIN D'ACCLIMATATION

Il existe des commerces dont le public ne se doute pas. De ce nombre est certainement celui des oiseaux curieux et rares, des animaux sauvages, dangereux ou utiles, de quelque nature qu'ils soient.

Cependant, en y réfléchissant un peu, le promeneur qui admire si à son aise les collections du Jardin d'acclimatation ou du Muséum, en se prélassant le long des allées ombreuses, devrait bien penser que ces animaux ne se sont pas rassemblés tout seuls et de leur plein gré dans cette arche de Noé de l'utilité ou de l'utilisable. Quelqu'un les y a poussés... C'est ce quelqu'un qu'il n'est pas sans intérêt de découvrir et de suivre dans ses agissements.

Une demi-douzaine de maisons puissantes se partagent le monde, par le commerce que nous envisageons ici. C'est à dessein que nous laissons de côté un égal nombre de maisons aussi riches qui se partagent, elles, le règne végétal. Ce que font les unes, les autres l'imitent; chacune a ses commis voyageurs dans toutes les partie de la terre, non seulement habitée, mais encore plus ou moins habitable...

S'il se prend, par-ci par-là, grâce à un hasard heureux, quelque bête intéressante et rare, l'agent saura bien l'acheter ; il a des ramifications dans le pays et, comme l'araignée, il peut rester au centre de sa toile : toutes les captures y viendront. Mais il est bien évident que, se renouvelassent-ils plus souvent encore qu'ils ne le font, ces hasards et ces prises ne sauraient approvisionner régulièrement tous les jardins zoologiques du monde. Il faut avoir toujours présente à l'esprit cette vérité que la mort y fauche constamment, et d'une faux plus aiguisée que partout ailleurs, puisqu'il s'agit de prisonniers et de déportés !

Nécessité donc de pourvoir aux besoins par des chasses spéciales. Or ces chasses spéciales se font partout, sans relâche ; elles ont lieu au moment où j'écris en chaque coin du monde, elles ont eu lieu hier et se continueront demain. Il faut bien verser dans le gouffre toujours béant des *demandes*. Or ces chasses — ne fussent-elles même que celles des plantes nouvelles , — ne sont pas toujours sans danger. De là le haut prix des nouveautés.

D'autre part, ces chasses ne peuvent être faites par le premier venu, et les chercheurs de ces maisons ou compagnies sont, le plus souvent, des botanistes et , des naturalistes de mérite ; dernière cause d'enchérissement, il est vrai, mais tout aussi naturelle que les autres, et dont il faut tenir un compte égal.

De toutes ces circonstances réunies résulte comme une sorte d'aléa, de chance, de fluctuation très originale régnant sur la production des curiosités ou raretés naturelles disponibles à un moment donné. Tout à coup, tel quadrupède, tel oiseau jusque-là rare va devenir relativement commun ; peut-être même, si plusieurs maisons ont réussi la même chasse, il va devenir trop commun. C'est comme le poisson à la halle... la marée va venir trop vite, malgré les soins et les intérêts contraires des marchands ! Qu'y faire ? La marchandise pousse..... les déchets augmentent... il faut vendre !

Puis, tout à coup, pendant de longs mois peut-être, des années quelquefois, le même animal va redevenir rare, introuvable et va partout être cher et demandé.

En ce moment, et depuis quelque temps, c'est l'Inde qui donne. Elle donne partout : aux jardins de New-York et de Melbourne, comme à ceux de Londres, de Moscou et de Paris ; et cette abondance simultanée n'affaiblit en rien l'intérêt des nouvelles acquisitions. Quand je centralisais entre mes mains les bulletins d'entrée d'à peu près tous les jardins du monde, je pouvais presque prédire, avant d'ouvrir la missive de l'un d'entre eux, ce qu'elle allait m'annoncer comme acquisitions, d'après les entrées récentes opérées par les autres...

Nous n'avons à établir aucun ordre de classification dans les acquisitions indiennes du Jardin d'acclimatation ; prenons-les au hasard, comme elles viennent, rapprochant seulement les espèces les plus voisines telles que le *Monaul* et le *Tragopan*, le *Canard à bec de lait*, l'*Oie cabouc* et l'*Oie barrée*, laissant à part le *Martin acridothère*.

A tout seigneur, tout honneur !

Le *Monaul* ou *Lophophore resplendissant* est un bijou qui vaut, à lui seul, le voyage du Jardin du bois de Boulogne. Avant la guerre de 1870, le Jardin possédait déjà un Lophophore, dont le *Manuel d'acclimatation* essaya de tracer en quelques mots un portrait presque impossible. Les lignes suivantes ne peuvent, pas plus qu'une longue description, donner l'idée exacte de cet oiseau ; elles peuvent, tout au plus, suggérer au curieux le désir d'aller le voir lui-même.

« Tour des yeux pourpre, joues dorées, bec jaune, huppe effilée et retombante, vert doré brillant comme toute la tête. Derrière et côtés du cou pourpres à reflets de rubis, manteau bronze vif, dos violet profond, queue

rousse. Toutes ces nuances vives, flamboyantes, chan-
geantes ; vrai plumage de paon, mais plus délicat et
plus riche encore s'il est possible. Certainement l'un
des plus beaux oiseaux de la terre. »

Eh bien ! cet admirable oiseau n'est pas si délicat
que l'on serait porté à le croire. Ce n'est pas la volière qu'il lui faut, c'est un parc tranquille, grand, un

Le Lophophore resplendissant.

endroit sec, aride, rempli de terre de bruyères. Là, il
pousserait aussi aisément que le paon le plus commun.
Si on le pouvait, on ferait encore bien mieux de le
laisser dans un potager avec les poulets et comme eux.
La seule précaution qu'il réclamerait serait, dans la
jeunesse, d'être rentré le soir pendant les six premières semaines et de ne pas être lâché à la pluie et à
l'humidité. L'avis du faisandier Plet, le plus habile
sans contredit du Jardin, est que, traité ainsi, le Lo-

phophore ne sera pas plus délicat à sauver, à élever qu'*un dindon*.

Quant à lui, il a toujours élevé les jeunes jusqu'à quatre mois, mais en quelques jours la phtisie les a enlevés. Il ne faut s'en prendre qu'à la vie enfermée que nécessitent les conditions du jardin. Ce n'est point ainsi qu'on acclimate un oiseau des montagnes ! Des dindonneaux, tout communs, soumis au même régime que les petits Lophophores seraient morts de la même maladie.

La conclusion très affirmative, c'est que le Monaul peut et doit s'acclimater chez nous. Quelle splendide conquête, ne fût-ce que pour le plaisir des yeux !

C'est un Himalayen, qu'on ne l'oublie point. Il ne faut pas trop s'étonner s'il éprouve, surtout dans sa première jeunesse, quelque difficulté à changer tout à la fois de latitude et d'altitude. Cette dernière condition est souvent plus dure que l'autre et plus difficile à corriger.

Le *Tragopan* est un Himalayen aussi, mais il est rustique, lui, et résiste très bien au froid. C'est un bel oiseau au plumage roux, à taches noires bordées de blanc, de la grosseur d'une pintade, avec un fanon et *des cornes* bleus. Rien n'est plus original que la figure de cet animal, auquel ce singulier ornement a valu le nom de *Satyre*, et qui, en liberté, se montre assez souvent peu commode pour les hommes, qu'il attaque toujours, tandis qu'il laisse en paix les oiseaux ses voisins. En cela, le Tragopan-Satyre n'est cependant pas plus méchant que beaucoup de coqs de race, dont l'approche n'est point toujours agréable !

Entrons maintenant, avec le *Canard à bec de lait,* ou *Pilorhynque,* dans les régions aquatiques.

Ce canard est une très heureuse acquisition, non seulement pour sa couleur curieuse, mais pour sa mine singulière ; son plumage est brunâtre foncé avec le bord de chaque plume blanc, l'ensemble devenant plus clair sur la poitrine. Son plus frappant caractère consiste en deux plumes d'un blanc pur qui tranchent nettement sur les couvertures des ailes. Enfin, le bec, noir et orangé à sa base, présente son extrémité blanche, coupée comme si l'animal venait de la tremper dans du lait épais.

A côté de lui, voici l'*Oie cabouc,* avec son nom infernal pseudo-latino-gréco-barbare de *Sarkidiornis melanotus...* Ouf !... Autrement, pour le français, — disait jadis le grammairien Lhomond, — un admirable oiseau heureusement introduit des Mascareignes, où l'on prétend qu'il est, depuis des siècles, domestiqué Rien n'est joli comme le dos d'acier poli de ces oiseaux, leur tête gracieuse ornée d'une sorte de crête, de caroncule charnue et aplatie comme la crête d'un coq nègre.

L'Oie cabouc, dit M. Cornely qui l'élève déjà près de Tours, diffère absolument des autres oies, qui réclament avant tout de l'herbe. une nourriture végétale, pour prospérer. A celle-ci il faut une nourri-

ture animale et, « quoiqu'on puisse la tenir en vie
avec du pain et même en la nourrissant de graines,
je crois essentiel de lui donner des lombrics ou vers
de terre et des œufs de fourmi, à moins qu'étant sur
un grand étang, elle puisse chercher elle-même une
nourriture animale ».

Cette dernière phrase donne à penser que la sus-
dite Oie cabouc est beaucoup plus aquatique que les
oies ordinaires. Ce serait une grande erreur, en
effet, que de penser que l'oie commune vit de l'eau et
dans l'eau; elle vit dans les prairies et les champs;
elle paît, et cela lui suffit, pourvu que de temps en
temps elle puisse se laver le bec. Ce fait est tellement vrai que les oies vivent, nombreuses, près de
petites mares remplies de jeunes poissons sans jamais
les poursuivre; les paysans de la Bretagne le savent
bien, eux qui élèvent tant d'oies à tous les carrefours
de leurs chemins. Le canard, au contraire, ferait
aux poissons une chasse continuelle, et nous pensons
que l'Oie cabouc a les mœurs carnassières du canard
et vivrait, comme celui-ci, des poissons qu'elle pour-
suivrait à outrance. Il serait cependant dangereux de
trop s'engager dans son jugement, car cet admirable oiseau, d'importation toute récente, a des mœurs
encore bien peu connues.

Arrivons à l'*Oie barrée* de l'Inde : celle-ci un peu
moins connue. Robuste et charmant oiseau qui ne le
cède en rien, pour la beauté du plumage, aux Man-

darins, Carolins, et autres coquets habitants de l'eau. Cette petite oie a la tête et le cou blancs, mais deux raies noires en travers, derrière la tête, le bec et les pattes jaunes, l'onglet noir.

Tandis que nous sommes avec les oies, signalons l'*Oie de Chine à caroncule,* oie japonaise qui pourrait bientôt faire une rude concurrence à nos bonnes vieilles oies toulousaines et bretonnes. Non par sa taille, elle est plus petite que les nôtres et de forme toute différente, mais par sa fécondité. Elle fait *trois* et même *quatre* couvées par an; la première quelquefois de *trente* œufs, d'après M. Cornely. Cela constitue, en faveur de cette dernière venue, une certaine différence et la quantité peut facilement racheter l'*obésité* de nos *unités.*

Courons vite aux *Acridothères :* car la place fuit, et leur histoire est si intéressante !

Les *Acridothères,* ou *Mangeurs de sauterelles,* sont à peu près des Martins, et les Martins, comme les Étourneaux, sont des amis. Déjà on a demandé aux Acridothères de se reproduire ; ils n'ont point fait la sourde oreille, mais on peut chercher mieux et tout fait espérer qu'on trouvera ce qui convient chez l'un ou chez l'autre : car ils sont nombreux dans cette famille. Nous avons déjà en France — même en Europe — le *Roselin,* ce charmant oiseau noir à dessous rose, l'un des plus beaux de nos oiseaux ; mais nous ne possédons pas de véritables Acridothères.

Combien n'y aurait-il pas à dire sur les mœurs et sur l'utilité des Acridothères ou Acridophages de l'Inde pour notre colonie africaine, quand on sait que la sauterelle est une des proies favorites de l'oiseau ; quand on sait, de plus, que ces oiseaux, introduits à l'île Bourbon, ont purgé rapidement l'île de ces insectes qui la désolaient ! On se plaît à espérer un résultat semblable pour l'Algérie. Mais... il y a toujours un revers à la médaille ; nous le verrons tout à l'heure.

Voilà donc les Acridothères introduits à Bourbon. Tout allait au mieux ; on prévoyait un succès complet. Si nous racontons ce qui est survenu, c'est que c'est une leçon, et une leçon utile d'histoire toute moderne. Un jour, des colons voient les nouveaux oiseaux fouiller avec avidité dans des terres nouvellement ensemencées... Les oiseaux en veulent au grain ! Alarme répandue dans toute l'île ; les nouveaux venus sont des ennemis terribles, rien ne restera après eux ! On leur fit leur procès en forme.

Les gens de bon sens eurent beau soutenir que si les Acridothères fouillaient ainsi la terre fraîchement remuée, c'était pour y chercher, non le grain, mais les ennemis du grain ; que des insectivores ne changeraient point volontiers de nourriture, etc...

Rien n'y fit, l'oiseau fut proscrit par le conseil. Deux heures après l'arrêt qui le condamnait, il n'en restait pas un seul vivant dans l'île !

Mais, dès le lendemain aussi, voilà les sauterelles à loisir.

Huit ans après, on se décida à redemander deux couples des bienheureux oiseaux ! Reçus avec transport, on fit une affaire d'État de leur conservation et de leur multiplication ; les médecins décidèrent que leur chair était malsaine... bref, ils multiplièrent prodigieusement.

Toutes les sauterelles furent radicalement détruites. Mais..... mais, voici le revers inattendu !

Ayant tout dévoré, les Acridothères, multipliant très fort, n'eurent plus rien à se mettre sous... le bec ! Et les voilà se jetant sur les fruits : les mûres, les raisins, les dattes surtout y passent ; les blés, les riz, les maïs, les fèves sont déplantés ; ils pénètrent jusque dans les colombiers pour dévorer les jeunes.

Ce n'est pas tout d'introduire sans compter, il faut savoir garder une sage mesure. Ils en sont là, à Bourbon, et l'on parle d'introduire à présent des oiseaux de proie... le remède serait peut-être pire que le mal.

FIN

TABLE DES MATIÈRES

		Pages
I. — La comète	....	1
II. — La tonnelle aux perdrix	....	13
III. — L'orphelin (du carnet de l'oncle Tobie)	....	17
IV. — Le papier	....	22
V. — L'assapan	....	55
VI. — L'invalide de Bordj-Bou-Areridj	....	64
VII. — Les fleurs	....	74
VIII. — L'agouti et le mara	....	89
IX. — La mouche en mer	....	99
X. — Les oiseaux de l'Inde au Jardin d'acclimatation	...	109

SOCIÉTÉ ANONYME D'IMPRIMERIE DE VILLEFRANCHE-DE-ROUERGUE
Jules Bardoux, directeur.

Paris. — Imprimerie G. Rougier et C¹ᵉ, rue Cassette, 1.